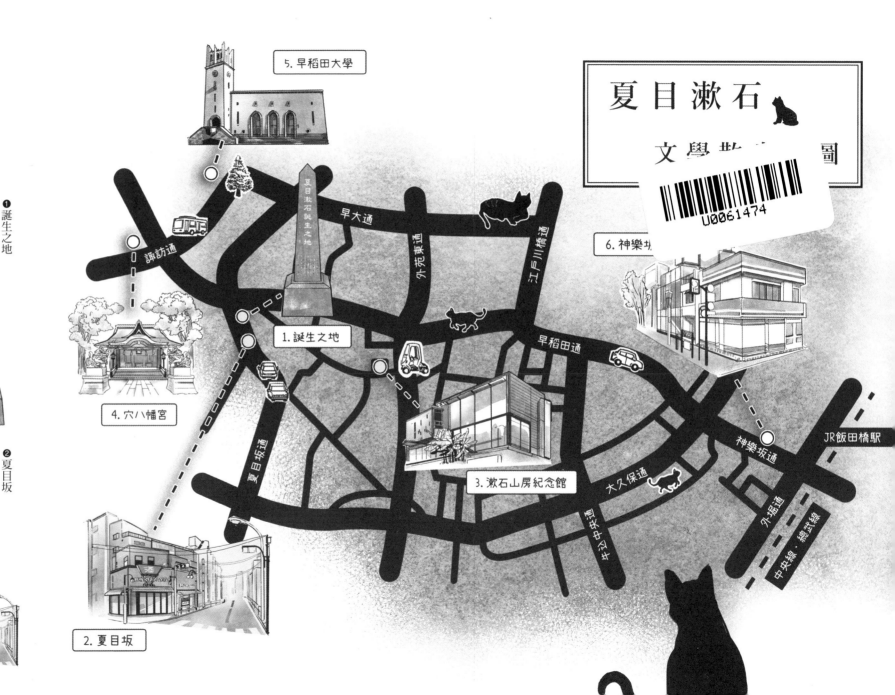

景點介紹

❶ 誕生之地

夏目漱石出生於牛込馬場下町，該地豎立了一紀念夏目漱石誕生一百週年的方尖碑，題字由其弟子安倍能成所撰。

❷ 夏目坂

誕生之地石碑對出斜坡馬路。由於夏目漱石的生父夏目直克是馬場下町的「名主」，該路因夏目家族而得名。

❸ 漱石山房紀念館（漱石公園）

1907 年夏目漱石搬到早稻田南町居住，度過其人生的最後九年。山房在二戰時被炸毀，2017 年原址建成「漱石山房紀念館」。

❹ 穴八幡宮

在夏目漱石四十六歲時候，其神經衰弱病情十分嚴重。他的妻子鏡子多到此處拜神，望丈夫早日治癒。

❺ 早稻田大學

夏目漱石大學三年級的時候，曾在東京專門學校（現早稻田大學）擔任英文教師。

❻ 神樂坂

夏目漱石英國回國後，經常到神樂坂觀賞落語，亦常到該處的現存文具老舖「相馬屋」購買文具及稿紙。

夏目漱石年表

年份	歲數	作家生平	日本大事
一八六七（慶應三年）	0	出生於江戶牛込馬場下町，父親是當地名主。出生時，家族已逐漸沒落，出生後不久被送到四谷一家古董店寄養。	德川幕府正式將政權歸還明治天皇，德川慶喜遭到軟禁，江戶時代正式告終。明治維新運動展開。
一八六八（明治元年）	1	被與夏目家有生意往來的鹽原家收養。	改年號為明治，遷都東京，確立一世一元制的詔書。
一八七五（明治八年）	8	鹽原夫婦離婚，被送回了夏目家。	
一八八一（明治十四年）	14	喜歡漢學，開始學習中國古籍，立志成為漢學家。	發生明治十四年政變事件，曾提出公佈憲法、召開國會的參議大隈重信被罷免。
一八八四（明治十七年）	17	入讀位於東京駿河台的成立學舍，改主力為學習英文。	朝鮮發生甲申政變，成為中日甲午戰爭的導火線。
一八八八（明治二十一年）	21	因長兄、二兄相繼過世，正式從被收養的鹽原家復籍夏目家。同年入讀大學預備校，主修英文。	
一八八九（明治二十二年）	22	與著名歌人、俳人正岡子規成為好友，在其影響下開始寫作，如以漢詩體作遊記《木屑錄》，並以「漱石」為筆名。	頒佈《大日本帝國憲法》。
一八九〇（明治二十三年）	23	進入帝國大學（現東京大學）文學院英文系，成為文部省的公費學生。	舉辦第一屆日本眾議院議員總選舉。頒佈《教育敕語》。
一八九二（明治二十五年）	25	為了逃避徵兵，將戶籍搬到了北海道。	
一八九三（明治二十六年）	26	從帝國大學畢業，繼續攻讀研究院，並任高等師範學校的講師。開始出現神經衰弱的症狀。	
一八九五（明治二十八年）	28	到愛媛縣立松山中學（現愛媛縣立松山東高中）擔任英語老師。受正岡子規影響開始熱衷於俳句。	取得甲午戰爭的勝利，與中國簽署《馬關條約》，獲得台灣、澎湖列島的領土。
一八九六（明治二十九年）	29	轉入熊本第五高中（現熊本大學）任講師，同年成為教授。與貴族院書記官長中根重一的長女中根鏡子結婚。	
一八九七（明治三十年）	30	父親過世。	
一九〇〇（明治三十三年）	33	奉文部省命令前往倫敦大學院留學，曾停留香港。	
一九〇二（明治三十五年）	35	由於留學的壓力，神經衰弱情況惡化，於年末返回日本。好友正岡子規死於肺結核，沒有及時趕上見其最後一面。	簽訂日英同盟，英國成為日本在遠東的盟友，成為日本崛起的關鍵。
一九〇五（明治三十八年）	38	回國後，在帝國大學擔任講師。在高濱虛子的委託下，開始在《杜鵑》雜誌連載長篇小說《我是貓》，以小說家身分出道。	簽訂第二次日英同盟，於日俄戰爭中取得勝利。
一九〇六（明治三十九年）	39	其書齋開始舉辦「星期四聚會」（文學沙龍），聚集了不少後來成為小說家和學者的傑出青年。開始在《杜鵑》雜誌連載長篇小說《少爺》。	
一九〇七（明治四十年）	40	加入《朝日新聞》成為專屬作家，往後的作品多以連載方式發表於其報刊專欄內。	發生海牙密使事件，西方列強承認可日本侵略朝鮮的行徑，加速日本侵略朝鮮的進程。
一九一〇（明治四十三年）	43	因胃潰瘍住院，轉往伊豆修善寺溫泉療養。	日本吞併朝鮮。發生幸德大逆事件，日本社會主義者和無政府主義者計劃暗殺明治天皇，後來被捕起訴。
一九一一（明治四十四年）	44	在長期住院期間獲得了博士學位，但因對博士制度持懷疑態度而拒絕了學位。由其主持的「朝日新聞文學部」被撤銷，遭到拘留。未滿兩歲的女兒日菜子突然去世。	幕末以來與西方列強簽訂的不平等條約被完全廢除。
一九一二（明治四十五年、大正元年）	45	前《朝日新聞》總編、與夏目份屬好友的池邊三山去世。	明治天皇駕崩，大正改元。國內政治被九名「元老」所控制，藩閥政治促使第一次憲政擁護運動的爆發。
一九一四（大正三年）	47	在長篇小說《心》中描繪了明治時代結束的重大轉折。於學習院輔仁會發表《我的個人主義》演講，表達對當時國家主義日趨盛行的看法。	第一次世界大戰爆發，日本以英日同盟為由，向同盟國宣戰。
一九一六（大正五年）	48	因胃潰瘍復發發住院，於十二月逝世。	

貓之墓

夏目漱石 著
なつめ そうせき

楊曉鐘等 譯

ねこのはか

一片飛花在樹梢

—— 近代日本文學譯著導讀

陳煒舜

香港中文大學中國語言及文學系副教授

　　香港三聯書店出版四冊近代日本文學譯著，分別收錄夏目漱石（1867–1916）、谷崎潤一郎（1886–1965）、中島敦（1909–1942）和太宰治（1909–1948）等四位名家的小說、隨筆集。編輯同仁囑我就日本近代文學之背景、脈絡略作介紹。對於日本文學，我心雖好之，但畢竟非專業研究者，故僅能就研讀知見之一隅與讀者諸君分享，尚蘄玉正。

　　學界對日本文學史的斷代各有差異，但大致可分為上古（八世紀至十二世紀）、中古（十三世紀至十六世紀）、近古（十七世紀至十九世紀中葉）、近代（明治、大正、昭和時期，1868–1945）及現代（二戰以後）幾個階段。西元1868年，明治天皇（1852–1912）發表《五條御誓文》，正

式開啟「明治維新」的序幕，標誌著日本現代化的開端。而日本近代文學史，也同樣以「明治維新」為起點。在社會變革之下，日本舉國對船堅炮利之實學大感興趣，政府對於人文學科則採取蔑視放任的態度，以致文學之「開化」未必能與整體的現代化完全同步。不過在福澤諭吉（1835–1901）等啟蒙思想家的影響下，日本引進了大批西方哲學（包括美學）、文學、政治學等人文社會學科的書籍，促進了近代文學的發展。

就小說而言，日本近代小說鼻祖坪內逍遙（1859–1935）高揚寫實主義理論，正是對整個社會風氣的呼應，其《小說神髓》對近代文學影響深遠。坪內逍遙之外，二葉亭四迷（1864–1909）接過寫實主義旗幟，其思想不僅受到俄國別林斯基（V. G. Belinsky, 1811–1848）的教養，也源於儒家感召。與此同時，森鷗外（1862–1922）受到德國美學思想影響，傾向於浪漫主義立場，與坪內逍遙就文學批評之標準問題展開論爭。兩種文學取向，既奠定了日本近代文學的基調，也確立了小說在文學界的主導地位。

1885 年 2 月，尾崎紅葉（1868–1903）、山田美妙（1868–1910）等四人組織成立硯友社，該社與傳統以漢

詩、俳句唱和的結社不同，將創作文類拓寬至小說等，雅俗兼顧，集合了一群年輕小說家，如廣津柳浪（1861–1928）、川上眉山（1869–1908）、巖谷小波（1870–1933）、田山花袋（1872–1930）、泉鏡花（1873–1939）、小栗風葉（1875–1926）等。這些作者後來在明治、大正及昭和文壇皆成為了獨當一面的大將。雖然他們的文學取向各有不同（如泉鏡花主張浪漫主義、田山花袋主張自然主義等），並未合力以硯友社的名義來建構統一的文學理論，但該社一度在日本文壇具有支配力量，影響甚大。

專制與自由並存的明治時代，寫實主義在坪內逍遙、二葉亭四迷以後並未得到長足發展。終明治一代四十年，源自西方的自然主義運動一直大行其道。1887 年，森鷗外把左拉（Emile Zola, 1840–1902）為代表的自然主義介紹到日本，隨後小杉天外（1865–1952）、田山花袋、永井荷風（1879–1959）等人皆成為這個流派的代表人物。自然主義文學揭櫫反道德、反因襲觀念的旗幟，主張追求客觀真實，一切按照事物原樣進行寫作，以冷靜甚至冷酷的筆觸來描寫一切對象，強調排除技巧，摒棄加工和幻想，成功完成了「言文一致」的革新。自然主義作家突破想像的樊

籬，因而發展出以暴露作者自我內心為特點的「私小說」，獨具特色。尤其是島崎藤村（1872–1943）《破戒》與田山花袋《棉被》的問世，將自然主義運動推上高峰。

然而，自然主義是明治時期「拿來主義」在文壇上的體現。十九世紀中後期的歐洲流行自然主義文學，有其自身的邏輯脈絡，茲不枝蔓，但日本並未仔細尋繹便採用「橫的移植」手段，罔顧了自身的社會特徵。因此，當時有評論家對「私小說」的創作範式頗為不滿，批評這種書寫策略過於消極，且無益於社會精神之塑造。夏目漱石便是當中重要的質疑者。作為寫實主義巨擘，夏目往往被中國讀者與魯迅（1881–1936）相提並論。比起自然主義作家以單純記錄的方式來創作，夏目更看重對生存之意義與方法的探討。他的作品十分強調社會現實，富於強烈的批判精神，人物刻劃細膩，語言樸素而幽默近人。其成名作《我是貓》以貓的視角對主人公苦沙彌等人加以觀察，嘲弄了日本知識分子四體不勤而五穀不分、紙上談兵而妙想天開、生活清貧而無權無勢的特性。而「人生三部曲」——《三四郎》、《後來的事》和《門》，雖然各為獨立故事，卻一脈相承地以愛情為主題，揭示出人生的真實本質。夏目

漱石的小說，華人讀者並不陌生；而編輯同仁這回另闢蹊徑，出版其隨筆集，應能使讀者更深入地了解其人、欣賞其文。

明治末期，自然主義風潮逐漸消退，白樺派（理想主義）、新思潮派（新寫實主義）和耽美派（新浪漫主義）成為大正時期（1912–1926）文壇領軍。白樺派的武者小路實篤（1885–1976）是反戰作家，作品受到魯迅、周作人（1885–1967）的稱許和譯介。新思潮派的領軍人物芥川龍之介（1892–1927）被視為與森鷗外、夏目漱石三足鼎立的小說家，以歷史小說來反映現實、思索人生。耽美派反對自然主義重視「真」遠甚於「美」，認為如此會壓抑人性的自然欲望。然而耽美派對人性自覺乃至官能享樂的注重，卻顯然孳乳於自然主義。作為耽美派的首腦，谷崎潤一郎甚至提出「一切美的東西都是強者，一切醜的東西都是弱者」，不僅讚許自然美，更讚許官能性的美，為追求美甚至可以犧牲善，與波德萊爾（C. P. Baudelaire, 1821–1867）的《惡之花》（Les Fleurs du mal）于喁相應，因此有了「惡魔主義者」的稱號。如谷崎成名作《刺青》中，刺青師清吉物色到一位「能供自己雕入精魂的美女肌膚」的女孩，

施以麻醉後，以一天一夜時間在她背上雕刺出一隻碩大的黑寡婦蜘蛛。女孩醒後「脫胎換骨」，宣稱清吉就是自己第一個要獵殺的對象。自傳體小說《異端者的悲哀》中，主人公章三郎因生活貧困而對人生絕望、對道德麻木，卻夢想過放蕩不羈的生活。至於《春琴抄》中對施虐與受虐快感的描畫，更令人驚心動魄。

1926 年，昭和天皇（1901–1989）繼位。而中島敦和太宰治兩位，皆可謂純粹的昭和作家。昭和早期，無產階級文學風行，但隨著軍國主義的政治干預而式微。佐藤文也說：「日本的作家在戰爭中大致分為三派：一是像雄鷹般兇猛地渲染戰爭狂熱思想的宣傳者，可以稱之為『鷹派』；二是像鴿子般老實卻又喜歡被主人放飛在外，不碰紙筆以沉默示意的不滿者，可以稱之為『鴿派』；三是像家雞一般被主人強行圈養起來，被迫加入了『鷹派』的妥協者，可以稱之為『雞派』。而太宰治卻不在這三派之中盤旋，好似鶴立雞群般經常在浪漫主義色彩的題材中渲染出獨特的幽默風範，可以稱太宰治為『鶴派』，這一點讓太宰治在戰爭時期的作品受到了文學界及讀者的好評，並得到支持。」（〈太宰治寫給中國讀者的小說，你讀過嗎？〉）與太宰治

不同，中島敦對治現實的方法是撰寫歷史小說。中島於1933年完成的大學畢業論文題為《耽美派研究》，深入探討森鷗外、永井荷風、谷崎潤一郎等作家。然而，他後來的創作則繼承了新思潮派的傳統，以歷史小說最為著名，因此贏得「小芥川」之譽。中島敦的歷史小說多取材自中國古籍，無論子路、李陵等歷史人物，抑或李徵、沙悟淨等小說人物，都能予以嶄新的詮釋，以回應時代，令人眼前一亮。可惜中島於1942年便英年早逝，年僅三十三歲，無法與讀者繼續分享其文學果實。

相比之下，太宰治的文學道路與中島敦頗為不同。太宰治最著名的小說《人間失格》發表於1948年，亦即他自殺當年；在後人心目中，這部作品奠定了他「無賴派」（或稱反秩序派）代表作家的地位。不過，無賴派的興衰僅在1946至1948年的兩三年間，反映出戰後青年虛無絕望乃至叛逆的心態。而太宰治早慧，十七歲寫出《最後的太閤》，短暫一生中有不少名作傳世，而是次譯著僅收錄他發表於1945年的作品《惜別》與短篇小說集《薄明》，可謂慧眼獨具。當然，在《薄明》的六篇短篇小說中，主人公無一例外地表現出頹靡無力之感，這與稍後作品《人間失格》

的主旨一脈相承，反映出作者自身特殊的遭際和心理特質。而《惜別》則為紀念魯迅而作，以在仙台醫專求學時的魯迅為原型。太宰治筆下的魯迅年方弱冠、胸懷壯志，卻又在鄉愁、迷惘與希冀中徘徊，在經歷一系列事件後棄醫從文。儘管《惜別》的主人公往往被看成是「太宰治式的魯迅」，是作者透過魯迅的形象來安放自身的靈魂，但這部作品無疑打破了華人讀者對於魯迅那刻板的神化印象，值得細細玩索。

譯著所涉四位小說家皆是日本近代文學時期的著名人物，年輩雖有差異，但在文壇的主要活躍年代都在二十世紀前半。夏目漱石、谷崎潤一郎漢學造詣甚深，皆有漢詩作品傳世。明治維新後，日本漢詩創作景況日漸零落。而中島敦成長於大正、昭和時期，卻因漢學世家淵源之故，仍喜漢詩創作，在平輩間不啻鳳毛麟角，值得關注。太宰治不以漢學漢詩著稱，然亦鍾情於中國文化，如他的《清貧譚》、《竹青》皆取材於《聊齋志異》，前文談到的《惜別》則以魯迅為主角，不一而足。這些知識對於華人讀者來說大概都是饒有興味的。讀者諸君在瀏覽這輯譯著後，若能觸類旁通，對四位小說家乃至整個日本近代文學有更深入

的了解，這篇膚淺的塗鴉就可謂功德圓滿了。謹以七律收束曰：

貓眼看人吾看貓。善真與美孰輕拋。
沙僧猶自肩隨馬，迅叟應嘗淚化鮫。
意氣文雄夏目助，幽玄節擊春琴抄。
年年舊恨方重即，一片飛花在樹梢。

2022 年 1 月 16 日

關於夏目漱石

—— 寫在《貓之墓》前

楊曉鐘

夏目漱石（1867-1916），本名夏目金之助，是日本近代文學的傑出代表，在日本文學史上享有很高的地位，有「國民大作家」之稱，也是中國讀者最為熟知的日本作家之一。1867 年生於江戶望族，為家中幺子。1888 年考入東京第一高等中學，與後來的俳句運動倡導者正岡子規結為摯友。二十二歲那年，他便以漢文來評論正岡子規的《七草集》，並以漢詩體作遊記《木屑錄》。就在這年，首次使用「漱石」為筆名。這個頗具漢學意涵的名字據說其典取自於中國的《晉書・孫楚傳》。

漱石於日本自然主義勃興時期步入文壇，但創作風格卻與自然主義截然不同，他的作品帶有強烈的道德意識和對現實的批判色彩。他崇拜正岡子規的寫生文，將自然與

人生當作一幅寫生畫來描繪，創作逐漸由此發展為「有餘裕的文學」，又稱「低徊趣味」小說（1908 年夏目漱石為高濱虛子的小說集《雞頭》所作序中的造語）。他的處女作《我是貓》就屬於此類作品。

夏目漱石早期創作受到兩種思想的支配，即同現實抗爭和逃避這種抗爭。《哥兒》、《疾風》等作品就貫穿著主觀反抗意識，而《旅館》、《倫敦塔》等又充滿著浪漫主義色彩。當然，批判現實主義一直是夏目漱石創作的主流。

在漱石第二時期的創作中，最引人注目的是「愛情三部曲」：《三四郎》、《後來的事》、《門》。這三部作品雖然寫的是愛情故事，但意義決不限於愛情範疇，其表現的實際上是明治時代知識分子的生活道路問題，描寫他們不滿現實而又無力鬥爭的狀況，其中不乏對明治社會的黑暗現實的揭露和批判。

夏目漱石的作品貼近現實，多為表現普通人的生活，描寫他們在戀愛、婚姻、家庭和社會中的各種問題，尤其是知識分子內心矛盾又找不到出路的痛苦心情，既富有濃厚的時代氣息，更秉有強烈的倫理道德意識和個人主義精神。

在藝術上，漱石的作品繼承了日本「俳諧」文學的傳統，吸取了日本民間文學「落語」的有益成分，風趣而幽默。夏目漱石還是日本文學界公認的首屈一指的語言大師。他的語言精確、豐富多彩、富有表現力，常常把雅語、俗語、漢語、西語等混融於作品之中，成為敘述故事情節、刻劃人物形象、描繪內心世界、反映現實生活、表達人生哲理的有力手段。

夏目漱石一生著有兩部文論、大量俳句、幾百首漢詩，若干隨筆和書信，但在文學上的最大貢獻是以他十幾部長篇小說和大批短篇小說樹起了「批判現實主義」文學的豐碑，給後來的作家以深刻的啟迪。

《貓之墓》這本書擇取了夏目漱石若干隨筆作品匯集成冊，這些隨筆具有鮮明的漱石風格，語言平實、質樸並帶著平民特有的詼諧色彩：其中有寫對故去友人的懷念（《子規的畫》），有寫生活中的黑色幽默（《貓之墓》），而這些隨筆也正是「日式美文」的經典代表，它們從細微之處探尋格致之美，由細膩之情感引發生活的哲思，看似平淡如水實則意味雋永。

目錄

子規的畫

子規所作的畫，我手頭僅有一幅。為了紀念這位亡友，我將它長期珍藏於袋子中。年復一年，有時我甚至完全忘記了袋子置於何處，近來忽然想起，為了避免搬家時遺失，便決定將它送去裝裱店做成掛軸掛起來。於是，我抽出存畫的袋子，撢去灰塵，仔細查看，只見畫兒還是原樣，潮乎乎地折成四折。袋子裏除了畫，還有幾封以為早就遺失了的子規的來信。我從中挑出兩封：一封是子規寄與我的最後一封信，還有一封時日不詳的簡短的信。我把畫夾在兩封信之間，一起拿去裝裱了。

子規的這幅畫畫的是插在花瓶中的東菊，構圖極為簡單，旁邊還加了幾句註釋：「此乃余之行將枯萎之際所作，畫技拙劣，實為病情所致，如若有疑，可自行曲肘而畫。」看來子規自己也認為這畫並不理想。子規畫這幅畫時，我已離開東京。因此，他又題了一首和歌，隨畫一併寄到熊本來：「君居肥國 ❶ 遠，歸期未有期。心懷相思意，共菊盼君歸。」

我把裱裝好的畫掛在牆上仔細端詳，落寞之感油然而

---

❶ 肥國：日本肥前、肥後兩國的古稱。狹義上講，是舊時肥後國（今熊本縣）的雅稱。

生。畫中東菊只開了一朵，另有兩朵花蕾。數數葉子，總共才有九片。花、莖、葉、花瓶僅著三色。圖案的周圍是一片白色，加之裱裝使用的絲絹是冷色系的藍色，所以怎麼看都覺得寂寥難耐。

從畫中運筆、著色可以看出，子規為了這幅簡單的花草煞費苦心。區區三枝花，他至少花費了五六個小時。如此費心費力之舉竟然完成於他罹患重病期間，顯然，他是下了相當大決心的。而這與他作俳句、和歌時信手拈來的風格相去甚遠。我暗自思忖，也許是因為子規初學繪畫時，聽不折 ❶ 他們說繪畫需要努力寫生，便果真在一草一木上踐行起來。子規是忘記了將自己在俳句上已經悟得的方法用在繪畫上呢，還是尚無能力運用呢？

子規的東菊，體現了他稚嫩的技法和認真的態度。他那洋洋灑灑、立馬萬言的敏捷才思，在繪畫中表現的卻是筆鋒徐緩、呆滯生硬。想到這裏，我不禁笑了。虛子來看這幅畫時，曾對子規的畫大加讚賞。而我當時反駁說，憑子規的智慧和才氣，耗費了那麼多時間和心力，竟畫得如此平淡無奇，可見其無以掩飾之「拙」。然而，子規認真

---

❶　中村不折（1868-1943）：日本美術家、畫家，正岡子規生前好友。

作畫，絲毫沒有流露出厭倦之意。著眼沉穩踏實的創作手法，子規的畫無疑體現了其愚直之妙。在一筆一劃的勾勒中，他自知並非妙手丹青，所以盡捨捷徑，堅忍地貫徹嚴格的塗抹主義，故，他的畫作難脫一個「拙」字。

不管是作為普通人，還是文學家，子規都是一個與「拙」字無緣的聰明人。和他交往的每一天，我都沒有機會嘲笑他的「拙」，就連欣賞他「拙」的瞬間都未曾有過。在他離世十年後的今天，從他特意為我畫的這枝東菊中，我切實發現了他的「拙」。不論是讓我發笑，還是讓我折服，對此，我都產生了莫大的興趣。這幅畫的確讓人感到孤獨寂寥，若是可能的話，惟願子規能將其「拙」再發揮得渾厚些，權當是對寂寥之感的補償吧。

（張建宇　楊曉鐘　譯）

貓之墓

自移居早稻田以來，我家的貓便日漸消瘦，也不願同孩子們玩耍了。牠時常前爪並齊前伸，支撐著方方的腦袋，臥在陽光照射下的外廊裏，一直呆呆地望著院子裏的花叢，一動也不動。任憑孩子們在牠身旁如何喧鬧，牠始終一副事不關己的樣子。漸漸地，孩子們也疏遠了這個昔日的玩伴，對牠完全不理不睬了。甚至連女傭也只是將牠的三餐往廚房角落一放，不怎麼管牠了。可是，那些食物大多被附近那隻肥大的三花貓吃掉了。我家的貓對此一點兒也不惱怒，更不見有爭奪的意向，只是靜靜地臥著。然而，那睡相卻絲毫沒有舒暢的感覺，與伸長了身子，盡情地享受陽光時的樣子完全不同，牠好像已經失去了動的氣力 —— 這麼說似乎仍不足以形容牠的狀態。牠慵懶的程度是前所未有的。靜則岑寂，動則越加岑寂，牠看起來好像一直在極力地忍耐著什麼。牠的眼神始終遊離在院子裏的花叢中，可是牠恐怕連樹的枝葉形狀都已經無法分辨清楚了。只是那雙黃色泛著青灰的雙瞳一直茫然地落在某處。如同家裏的孩子無視牠的存在一樣，牠好像也無視了世間的存在。

　　偶爾牠也會出去一下，但只要一出去就會被附近的三花貓追趕。每次都被嚇得躥上外廊，撞破緊閉著的紙拉

門，逃到火爐旁來。也只有這個時候，我們才能感覺到牠的存在。恐怕牠自己也只是在這個時候，才能真切地感覺到自己還活著吧。

如此反覆多次，牠原本長尾巴上的毛也漸漸地脫落了。最初還一塊一塊地呈斑狀脫落，後來竟脫得露出了紅色的皮膚，可憐兮兮地耷拉著。牠似乎已經厭倦了這世間的一切，只是精疲力竭地蜷曲著身子，不停地舔舐著疼痛的地方。

「喂，你看貓這是怎麼了。」我問妻子。而妻子極其冷淡地回答道：「噢，老了嘛。」見妻子這樣，我也乾脆不管了。

不久，牠又出現了新的問題，老是把吃下去的東西往外吐。只見牠的喉嚨那裏急促地上下蠕動著，發出很痛苦的聲音，那種聲音既不是打噴嚏又不像打嗝的。雖然牠很痛苦，但是我們也想不出任何辦法。只要看到牠這樣，我們還會把牠趕到外面去。因為每次牠都會吐得蓆子上、被子上到處都是污物。就連我們專門為客人準備的八端綢坐墊也被牠弄得污穢不堪。

「真是沒一點辦法啊。是不是腸胃出問題了，你去化點寶丹水給牠喝喝吧。」

妻子沒搭理我。

過了兩三天，我問妻子有沒有給貓喝寶丹水，妻子回答說：「餵了也沒用，牠根本就不張嘴，」隨後她又加了一句說，「給牠魚骨頭吃，也都吐了。」我不禁慍怒地說：「那就不要給吃的好了。」說完便悶頭看起了書。

貓不吐的時候就像往常一樣老老實實地臥著。這段時間，牠一動不動地竦縮著身子，無比窘迫地蜷在外廊裏，似乎就借著身子那麼大點地方支撐著自己。牠的眼神也有了些許的變化。起初，停留在近處的視線中好像顯映著遠處的東西一樣，心灰意懶中還有那麼幾分沉靜。不久，牠的眼神便異樣地遊離起來。眼中的神色日漸消沉，就像太陽落山後那微弱的閃電，黯淡無光。

看著牠這樣，我就那麼置之不理。妻子似乎也沒有對牠多加關懷。孩子們甚至更是忘記了牠的存在。

一天夜裏，牠臥在孩子被褥的一角。不一會兒，牠開始發出呻吟聲，那聲音就像自己捉的魚被沒收感到委屈時發出的那樣。聽到貓發出這樣的聲音，只有我一人覺得不對勁。孩子在熟睡著。妻子專心忙著做針線活。沒多久，貓又呻吟起來，妻子這才放下了手中的針線。我便說：「這是怎麼了，要是半夜咬了孩子的頭，那可不得了啊。」「怎

麼可能。」妻子說著便又去縫汗衫的袖子了。貓就這樣時
不時地呻吟著。

第二天，牠臥在火爐旁又是呻吟了一天。我去泡茶或
拿燒水壺時看見牠，總是覺得心裏有些不是滋味。但是，
到了夜裏，我和妻子都忘了貓的事情。

貓其實就是在那晚死的。早上女傭去裏面的雜物間去
取柴火的時候，發現牠倒在舊灶上面，都已經僵硬了。

妻子特意跑去看牠，並且一改往日對牠的冷淡，竟突
然嚷嚷了起來。她託經常出入我家的車伕買來一塊四方的
墓牌，說讓我寫點什麼。我在正面寫了「貓之墓」，在背面
寫上了「九泉之下無雷鳴之夜」。車伕甚至問就這樣埋掉是
否妥當，還惹來女傭一頓奚落：「難道還要火葬不成？」

孩子們似乎也忽然間疼愛起貓來了。他們在墓碑的兩
側放了一對玻璃瓶，裏面插滿了胡枝子的花。還用茶碗盛
著水放在貓的墓前，並且每天都會更換花和水。

之後第三天的黃昏，我那即將滿四歲的女兒 —— 我
是從書房的窗子看到這一幕的 —— 獨自來到貓的墓前，呆
呆地盯著貓的墓碑看了一會，便用手裏拿著的玩具湯勺，
去舀供碗裏的水喝。寧靜的黃昏時分，那浸著飄落的胡枝
子花的水珠，無數次地滋潤了愛子的咽喉。

每逢貓的忌日，妻子定會盛一碗飯，飯上面鋪著小片
鮭魚片和乾鰹魚片，供奉在貓的墓前，直到現在也未曾忘
記過。只是如今，不再拿到院子裏去了，變成放在餐廳櫥
櫃上面了。

　　　　　　　　　　　　　（習丹　楊曉鐘　譯）

蛇

當我拉開柵欄門來到馬路上時，大大的馬蹄印中已經積滿了雨水。我腳踩在泥水中，每走一步都會發出撲哧撲哧的聲響，腳踩下去拔也拔不出來，以至於我都不想抬腳邁步。由於我右手提著水桶，行走非常不便。為了調節上半身的平衡，我甚至每每想扔掉手裏的水桶，好不容易才能站穩腳跟。終於，在我行將摔倒之際，我還是把水桶噗嚕一聲丟在淤泥裏，撲倒了水桶的把手上。這時，我抬頭望去，看見叔叔正站在我前方兩米左右的地方。他披著蓑衣，肩膀後面垂著一張三角形的網。只見他頭戴的大斗笠稍稍動了一下，似乎說了句：「這路真糟糕！」便走進茫茫雨幕裏。

立於石橋上向下俯視，只見黑黢黢的河水沖刷著水草向前翻滾而去。平日裏，這條河的水位漫不過腳踝三寸，河底那長長的水藻輕輕搖曳，美麗動人。而眼下，河底淤泥上翻，河面雨滴拍打，一上一下地在水裏形成連續不斷的漩渦。叔叔緊盯著漩渦看了一會兒，低聲說：

「捉得到。」

我們走過石橋向左轉。河水打著漩在綠色的田野裏蜿蜒而去，沒人知道它將流向何方。叔叔和我順著流水前行了大約一百來米，在一片廣闊的水田中站定。放眼望去，

天地間白茫茫一片，只有我們兩個孤獨的身影和漫天的雨幕。叔叔從斗笠下看了眼頭上的天空，烏雲如同茶壺蓋，將整個天空遮擋得黯淡無光，惟有密密麻麻的雨滴似斷了線的珠子從空中落下。靜立不動時，嘩嘩啦啦的雨聲充斥耳際。這聲音既有雨點拍打在蓑衣和斗笠上的啪啪聲，也交織著雨點落在周圍水田裏的咚咚聲，甚至雨水沖刷遠處貴王森林 ❶ 裏的沙沙聲也混合在一起。

森林上方，重重疊疊的烏雲壓在杉樹樹梢上，眼看著似將落入林中。

我回過神來，開始俯視腳下，發現漩渦從上游不停地沖過來，並且流速突然間加快了許多。想必是貴王森林後面的池水也已接受了森林上方那厚重烏雲的洗禮。叔叔再次緊盯著旋轉的漩渦，信誓旦旦地說：

「捉得到。」

過了片刻，叔叔穿著蓑衣下了水。河水雖急，但並不十分深，站著時只齊腰部。叔叔站在河的中央，面向貴王森林，將扛在肩上的漁網逆流撒在了河裏。

嘩嘩啦啦的雨聲中，叔叔和我屏氣凝心地盯著洶湧而

---

❶　貴王森林：村裏的一片森林，村民對其有敬畏之心。

來的激流。我暗自揣測：「那漩渦下，從貴王池方向一定有魚兒被河水沖過來，如果運氣好的話，就能捉到大魚。」

與先前相比，此刻的河水更加渾濁。雖說僅僅根據河面的動靜，根本無法判斷有什麼東西游過河底，可我依然目不轉睛地盯著叔叔沒入水中的手腕，靜靜地等待著他突然收網。可是，手腕卻一直沒動。

雨勢越發迅疾，河水翻捲著從上游蔓延過來，顏色也越來越深。就在那烏黑的急流快速穿過眼前時，似有某種東西一閃而過。匆匆一瞥，我便感覺那是個很長的東西，想必是條大鰻魚。

叔叔逆流而立，緊握網柄的右手突然從蓑衣下猛地甩到了肩部。緊接著，只見那長物離開了他的手，在灰暗的雨幕中，如沉重的繩子般劃出一道曲線，落在了對面的堤壩上。就在那瞬間，一條蛇怒氣衝衝地從草叢中伸出長長的脖子，緊緊地盯著我們叔侄二人。

「你給我記著！」

隨著吼聲，那條蛇迅速消失在了草叢中。只見叔叔臉色鐵青，愣愣地盯著蛇剛才被甩落的地方，一動不動。

「叔叔，『你給我記著』那句話是你說的嗎？」

叔叔這才轉過身來，低聲回答：「我不知道是誰說的。」

時至今日，每當我跟叔叔重提此事，他都一臉詭異地說他不知道那句話是誰說的。

　　　　　　　　　　　　　　（王寧　楊曉鐘　譯）

元旦

吃過年糕湯❶，我便轉身回了書房。過了一會兒，有三四個年輕人登門造訪。其中一人穿著麥爾登呢❷質地的長禮服，也許是穿不習慣的緣故，看起來頗有些不自然。其餘幾個人都身著平日穿的和服便裝，樣子一點兒也不像過年。

　　「呀 —— 呀！」幾個年輕人望著長禮服，接二連三地發出了驚嘆之聲。我也故意跟在最後吃驚地補了一聲：「呀！」長禮服掏出白手帕，難為情地擦著臉，不停地喝起了屠蘇酒❸。同來的那幾個也大吃大喝起來。

　　這時候，虛子❹坐人力車來了。他因循故制一身黑色的和式禮服，格外莊重。「你還有這麼一身兒禮服，是為表演能樂❺準備的吧？」我問道。虛子應聲說：「嗯，是啊。」

---

❶　年糕湯：日本新年菜餚的一種。在放入肉、菜等的湯內再加入年糕。各地的年糕湯各具特色。

❷　麥爾登呢：用精梳毛紗作經，粗梳毛紗作緯織成的平紋或斜紋織物。表面有半而齊的短毛絨，質地厚實緊密，多用來做冬季服裝。

❸　屠蘇酒：這裏指日本新年祈求無病長壽的藥酒。將藥用植物配成的屠蘇散浸泡在酒中而成。

❹　虛子：即高濱虛子（1874－1959），日本俳人、小說家，師事正岡子規（夏目漱石的同學），主辦的《杜鵑》雜誌曾收錄夏目漱石的多篇文章。

❺　能樂：日本的一種舞台藝術，是最具有代表性的日本傳統藝術形式之一。包括「能」與「狂言」兩項。

隨後，他提議道：「咱唱一曲吧。」我回答說：「好啊，那我就獻醜了。」

於是，我們兩人唱起了《東北》[1]。這首謠曲我很久以前學唱過，但後來再未練習，許多唱詞曲調已經記憶模糊了，因而不由得聲音有些發虛。待我磕磕絆絆地唱完之後，幾個年輕人立即指出我技遜於人。其中，長禮服說：「你的聲音發飄哦。」我原以為這群傢伙根本就不懂能樂，自然也聽不出我和虛子的優劣。然而，從受到批評這一點來看，門外漢也一樣能聽出誰優誰劣。因此，我便沒了勇氣去反駁他們。

之後，虛子談起了最近學鼓的事兒。對能樂一竅不通的幾個年輕人懇請道：「打一段鼓吧！我們好想聽聽。」於是虛子拜託我再唱一段曲子。雖然我自己並不清楚擊鼓伴奏是怎麼一回事，覺得有些為難，卻也因感到新奇而有了一些興致。就這樣，我便欣然答應了。

虛子讓車伕去取鼓。鼓一到，他便讓人從廚房裏拿來了一個小炭爐，隨後開始在燒得赤紅的炭火上烘烤鼓皮。

---

[1] 《東北》：能樂劇目之一，第三齣劇，疑世阿彌所作，描寫一雲遊僧正在東北院中觀賞梅花，忽遇和泉式部之幽靈，向她詢問古代愛慕梅花的事。

大家見此情景無不嘖嘖稱奇。我對此極端的做法也倍感驚愕，連忙問道：「這樣烤沒事嗎？」「嗯，沒事的。」他一邊說著一邊用指尖彈了一下緊繃繃的鼓皮。隨著一聲美妙的鼓聲，虛子說：「好了。」說罷，他從炭爐上將鼓取下，開始繫鼓繩。著黑色禮服的他擺弄著紅色的鼓繩，顯得格外風流瀟灑。大家也紛紛對此表示讚嘆。

這時，虛子脫下外褂抱起了鼓，準備開始演奏。我趕忙叫住他，希望他能詳細告訴我會在何處擊鼓。於是，在哪兒發出幾次吆喝聲，在哪兒如何擊鼓，虛子都耐心地逐一講給我聽。可是，我一下子根本吃不透，要想把握要領起碼得兩三個小時。無奈，我只好一知半解地應承著。隨後，我唱起了《羽衣》❶這一曲。「春霧繚繞⋯⋯」剛唱了半句，我就開始後悔頭兒起得不好，氣勢不足。可是此時如果曲中突然發力，又恐破壞整體的感覺，無奈之下，我壓著嗓音，繼續軟綿綿地唱著。就在這時，虛子突然高聲一嗓了吆喝，接著「咚」地擊了一下鼓。

萬萬沒料到虛子會如此突然地來這麼一下子。我原以

---

❶ 《羽衣》：能樂劇目之一，第三齣劇。作者不詳。內容取材於羽衣的傳說，描寫了仙女在三保的松林向漁夫索要被取走的羽衣，並表演東遊舞作為報答，最後升天而去。

為虛子的吆喝聲會是柔和悠長的，不曾想那聲音卻如同角鬥場上的嘶吼聲一般，震耳欲聾。我的歌聲也隨著這一嗓子吆喝跑了調。好不容易平靜下來剛找準了調，虛子又突然從旁側丹田運氣地「恫嚇」一聲。我的歌聲在其聲聲威嚇下變得飄忽不定，越來越小。過了一會兒，聽曲兒的各位紛紛竊笑起來。就連我自己也認為有些滑稽可笑。這時候，長禮服忍不住第一個大笑了起來，隨即，我自己也跟著一起笑出了聲。

接著，眾人對我的表現又是一番點評。其中，長禮服的批評尤為諷刺。一看這種情景，虛子只好笑呵呵地自己打著鼓自己唱，總算把這一曲終了。過了一會兒，虛子說還要去別的人家串門，便乘車離開了。隨後，那幾個年輕人對我又是一番取笑。就連妻子也和他們一起挖苦我，並對虛子敲鼓時長袖飄飄的樣子大加讚賞，稱其風韻別具。長禮服也立即附和贊同。

平心而論，虛子的衣衫袖兒的顏色也罷，那袖子隨鼓而舞的樣子也好，我是一點兒都沒覺出有什麼好來。

（何佳　曹珺紅　譯）

聲

豐三郎搬到這裏已經三天了。

第一天，直到黃昏時分他還在漸漸變得昏暗的屋子裏收拾行李、整理書籍，忙得影子似的來回穿梭。之後，又去附近的澡堂泡了個澡，回來便倒頭睡了。

第二天，放學回來後，他坐在書桌前想要看會兒書，可是或許因為突然換了環境，他竟完全靜不下心來。滿耳都是窗外不時傳來的拉鋸聲。

豐三郎坐在原地，伸手推開了窗戶，只見眼前有一位園藝工人正在奮力地修剪梧桐樹的枝幹。他扯動著鋸子，毫無憐惜地從樹幹的分叉處將已經長得頗為粗壯的枝幹鋸掉。隨著枝幹紛紛落下，一個個被鋸開的白色截面突顯了出來。遼闊的天空也彷彿一下子從遠處聚到了窗前，顯得格外開闊。豐三郎坐在桌前，雙手托腮，漫不經心地仰望著梧桐樹上方那秋日裏的深邃晴空。

隨著他把目光從梧桐樹移向天空，一股強烈的熱流湧上了心頭。待心緒漸漸平靜下來，那令人懷念的故鄉的記憶便一點一點呈現出來。雖已遙遠，卻是歷歷在目，清晰如斯。

由村子向前二百多米，路的盡頭處有一座坐落在山腳下的茅草頂大屋，這便是豐三郎的家。一匹馬正在進門，

馬鞍的側面紮著一簇菊花，伴著鸞鈴聲響，那匹馬隱入白色牆壁的後面。日頭高高照在屋頂，後山上茂密的松樹林閃閃發光。此時正值採松茸的季節……坐在桌前的豐三郎似乎聞到了那剛採摘下來的松茸的香味，耳畔又聞母親「豐兒，豐兒」的呼喚聲。母親的聲音是那麼遙遠，卻又那麼清晰，彷彿就在耳畔 —— 其實早在五年前母親已經去世。

豐三郎猛地回過神來，眨了幾下眼睛。剛才看到的那些梧桐樹枝幹又映入了眼簾。那些伸出來的枝幹被齊刷刷地鋸了下來，根部留下的一個個瘤子顯得格外鮮活，看上去令人頗感不爽。豐三郎覺得自己突然又被拉回到現實，被按在了書桌前。透過梧桐樹，可以看到圍牆外有三四棟髒兮兮的房屋。屋子外面，露出棉絮的破舊被子毫無遮攔地暴曬在秋日的陽光下。被子旁邊站著一位五十多歲的老婆婆，正抬頭望著梧桐樹頂。

老婆婆身上穿著一件已經看不清紋路的條紋和服，腰間繫著一條細細的帶子。她的頭髮很稀疏，用一把大梳子挽了起來。她一動不動地站在那裏，透過梧桐樹的枝葉，茫然地望著樹頂。那是一張沒有血色的臉，蒼白中略帶一些浮腫，浮腫的眼眶中露出一雙細小的眼睛。強光下，老婆婆眯著眼正抬頭望著豐三郎。豐三郎慌忙把目光移回到

書桌上。

　　第三天，豐三郎去花店買了菊花回來。他本想買老家院子裏開的那種菊花，但在花店裏沒有找到，無奈只好買了花店裏有的那種，讓花店老闆用稻草紮好，拿回來就那樣把菊花插入酒瓶狀的花瓶中。之後，他又從行李箱底拿出一幅帆足萬里 ❶ 的字畫，掛在了牆上。這幅字畫是前些年回家時特意拿來裝點房間用的。豐三郎坐在坐墊上，對著菊花和字畫看了一陣子。

　　這時，窗外又傳來「豐兒，豐兒」的呼喚聲。從圍牆外的舊房子那邊傳過來的聲音無論是音調還是音色，都與故鄉的慈母毫無二致。豐三郎迅即「嘩啦」一聲打開窗戶，他又看到了昨天那位臉色蒼白且有些浮腫的老婆婆。她站在那裏，額頭映著秋日的餘輝，正對著一個十二三歲的男孩子招手。

　　聽到了窗戶響，老婆婆又像上次那樣，抬起略微浮腫的眼皮，仰頭望著豐三郎。

（郝曉靜　曹珺紅　譯）

---

❶　帆足萬里（1778–1852）：日本江戶時代後期的儒學家、理學家。

小偷

我準備就寢，便起身來到了隔壁房間。屋子裏被爐的熱氣撲面而來。我上完廁所，提醒妻子被爐的火不要燒得太旺，隨即便回到了自己的房間。這時已是夜裏十一點多了。被窩裏的美夢是一如既往地安穩。夜裏雖冷卻沒有一絲風，就連望火樓上的吊鐘❶也不曾聽聞。我睡得很沉，熟睡中彷彿連時間都靜止了。

　　忽然，一陣女人的哭泣聲驚醒了我。仔細一聽，是女傭阿清的聲音。這個阿清一受到什麼驚嚇就會哭起來。前幾天，她給我的小孩洗澡，孩子因為暈堂抽搐，她嚇得哭了半天。那是我第一次聽到她如此與眾不同的哭聲。她一邊啜泣一邊不停地嘟囔，那聲音似傾訴，似抱怨，似道歉，又似悲嘆戀人的故去，與人們一般受驚時所發出的尖銳而又短促的聲音截然不同。

　　我被阿清那異樣的哭聲驚醒。聲音是從隔壁妻子的房間傳來的。與此同時，我看到紅色的火光透過拉門的縫隙照進了我黑黢黢的書房。一瞬間，我腦子裏只有一個念頭：「著火了！」我立即翻身跳起來，「嘩啦」一聲拉開了妻子

---

❶　吊鐘：用於報信、報警等的小吊鐘。頂端有龍頭式掛環，吊在望火樓上，用木槌敲打。

房間的拉門。

　　原以為眼前會是踢翻的暖爐、燒焦的被褥、著火的草墊、滾滾的濃煙，一片狼藉。沒想到我看到的卻如睡前一樣，油燈和暖爐都規規矩矩地放在原地，妻子和孩子安睡著，一切都是那麼平靜，那麼安詳，那麼溫馨。惟有阿清在那裏獨自低聲啜泣。

　　不知阿清是什麼時候跑到妻子屋裏來的，只見她正揪著妻子的被角，嘴裏快速地唸叨著什麼。這時妻子也醒了，但她只是一臉茫然地眨巴著惺忪的睡眼，並沒有要起來的意思。我完全不明就裏，只好呆呆地站在門口環視屋內。忽然，阿清嘴裏蹦出的「小偷」兩個字，讓我一下子明白了過來。我三步並作兩步穿過妻子的房間，衝到隔壁房間，大聲怒吼道：「是誰？！」房間裏一片漆黑，只有旁邊廚房裏的一扇防雨窗打開著，一縷皎潔的月光從窗口射入。除此之外，我什麼也沒有發現。望著那夜半三更擅自照射著他人房間的月光，我不由得感到了一絲涼意。我光著腳走進廚房，來到水槽前，四周一片寂靜。我舉目向外望去，只有月光靜靜地籠罩著屋外的一切。那清冷的月色使我一步也不想踏出屋外。

　　我轉身回到妻子的房間，對她說：「放心吧，小偷跑

了，家裏什麼也沒丟。」妻子這時才起身，她二話沒說，端著油燈走到阿清睡覺的那間屋子，舉起油燈向漆黑的屋裏一照 —— 衣櫥的櫃門大開著，抽屜也被拉了出來。妻子看著我說：「果然還是被偷了。」這時，我才意識到小偷是在偷過東西之後才離開的，剛才我竟然還說什麼都沒丟，真是蠢到家了。房間的地上還鋪著阿清的被褥，枕頭那邊有一個衣櫥，衣櫥上的小櫥櫃裏放著年末準備付給醫生的藥費、酬禮和其他一些貴重的東西。我急忙讓妻子查看一下，她看完後說：「裏面的東西都在。」也許是阿清哭著往妻子房間跑時嚇到了小偷，他還沒來得及偷這些，就慌慌張張地逃跑了。

不一會兒，睡在其他屋子裏的人也陸續起來了。大家七嘴八舌地討論起來。有人說自己剛剛還起來上過廁所，也有人說自己今晚失眠，兩點左右才睡著。但遺憾的是他們都沒有注意到小偷的動靜。而十歲的大女兒卻說，她不僅清楚地知道小偷從廚房潛入，還聽到小偷在走廊輕輕走動。跟她同屋的纓子聽到這些後大吃一驚。纓子今年十八歲，是親戚家的女兒，她跟大女兒同住一間屋，卻什麼都沒聽到。在大家七嘴八舌的討論聲中，我扭頭回屋睡覺去了。

經晚上這麼一折騰，第二天我比平時起得晚了一些。洗漱完吃飯時，阿清在廚房大驚小怪，一會說她發現了小偷的腳印，一會又說看錯了。我覺得很煩，便起身回書房去了。大概十分鐘之後，只聽有人在門口喊道：「有人在家嗎？」那聲音中氣十足。我估計廚房那邊沒聽到，於是便起身出來開門。只見一名巡警站在門外笑著說道：「聽說你家昨晚進小偷了？門窗有沒有關好啊？」

「好像沒有。」

「那就沒辦法了，不關好門窗，小偷當然會光顧了。」

他還提醒說：「那些防雨窗得一扇一扇釘好！」

「是、是。」我隨口應著。

聽巡警這麼一說，我覺得這事兒好像錯不在小偷，而是該怪我這個粗心的主人！

隨後，巡警又繞到廚房，正好妻子也在那兒，他便逮著妻子問個不停，並將丟失的東西一一記在筆記本上。他邊記還邊說著：「一條素花緞的丸帶 ❶，丸帶是什麼？直接這樣寫就能明白嗎？哦，是這樣啊，那就寫丟了一條素花緞的丸帶，還丟了 ⋯⋯」

---

❶ 丸帶：日本寬幅的婦女和服腰帶。

阿清在一旁偷偷地笑這個連丸帶都不知道的笨巡警。不久，十件失物都被巡警記在了本子上，而且下面都寫著價格。

　　「一共一百五十日元，對吧。」巡警確認完之後便離開了。

　　直到這時，我才知道家裏一共丟了十樣東西，而且全是腰帶。看來昨晚的小偷真是個「腰帶大盜」啊。只見妻子的表情甚是異樣，因為眼看著就要過年了，沒有腰帶，正月的頭三天，孩子們連和服也穿不成了。

　　下午，家裏又來了個刑警。他一進屋就煞有介事地審視著家裏的每樣東西，連廚房裏的小桶也不放過，那架勢似乎是懷疑昨晚的小偷在桶裏點上蠟燭作案了似的。寒暄幾句後，我把他帶到陽光明媚的客廳坐下，然後邊喝茶邊聊了起來。

　　我從刑警口中得知，這一帶的小偷大都是晚上從下谷 ❶、淺草 ❷ 坐電車過來，第二天早上又坐車回去，幾乎是抓不到的。因為即使是抓到了，吃虧的也是警察。帶小偷回

---

❶　下谷：位於日本東京都台東區西部。

❷　淺草：位於日本東京都台東區東部。

來，警察得給他們付車費，送他們上法庭還得給他們掏飯錢。上面批下來的經費，警視廳先拿走一半，剩下的才分發給各個警察。此外，整個牛込 ❶ 地區也只有三四個警察。我以前一直相信「有困難，找警察」這句話，但聽這位這麼一說，我心裏頓時也沒了底兒。因為那位巡警也是一副心裏沒底兒的樣子。

本打算叫修理門窗的師傅來把防雨窗修一下，但不巧的是正逢年末，師傅忙得顧不上。這時天已經黑了，無奈之下，我只能把那扇防雨窗虛掩著，然後就回去睡了。大家都提心吊膽的，我自然也放心不下。因為白天警察的那番話彷彿是在宣告防賊防盜只能靠各家各戶。

雖然心裏不踏實，但轉念一想，昨天剛被偷過，今天應該不會這麼倒霉了吧。想到這兒，我也就放心的睡去了。誰料半夜裏妻子突然把我叫醒，說道：「我聽見廚房那邊有響動，都響了好一陣兒了，不會又是小偷吧，你快去看看。」我仔細一聽，那邊確實有聲響。

我悄悄起身，小心翼翼地穿過妻子的房間，來到拉門邊。這時，從隔壁屋子傳來了阿清的鼾聲。我輕手輕腳地

---

❶ 牛込：位於日本東京都新宿區。

打開拉門走進去，獨自一人站在漆黑的屋子裏。突然那聲音又響了起來，仔細一聽是從廚房門口傳來的。我如同影子一般，在這漆黑的屋子裏無聲無息地向發出聲音的地方靠近。我躡手躡腳地來到房間門口，耳朵貼在拉門上，仔細聽裏面的動靜。那聲響時有時無。聽了四五遍後，我確定那聲音不是小偷，而是從房間左邊的壁櫥裏傳來的。我不再縮手縮腳，像平常一樣地走回妻子的房間說：「放心吧，不是小偷，大概是老鼠在咬什麼東西。」妻子一聽也放心了，於是我倆都安心地睡了。

第二天早晨，我同往常一樣洗漱後，來到客廳吃飯，妻子把昨晚被老鼠咬壞的鰹魚乾拿到飯桌前說：「昨晚就是這個被咬了。」我一邊看著那被老鼠咬得亂七八糟的鰹魚乾，一邊應著：「哦，是這樣呀。」這時妻子衝我抱怨起來：「昨晚你要是把老鼠趕走，鰹魚乾也不至於這樣。」

這時，我才意識到昨晚自己確實應該那樣做。

（高翔　楊曉鐘　譯）

一幅古畫

大刀老人決定在亡妻的三週年忌日前為她立一塊墓碑。然而，兒子的收入微薄，維持日常的開銷已然不易，何談存錢！就這樣，一年又過去了。

　　這天，老人猶豫許久後，對兒子說：「眼看三月八日就是你母親的忌日了……」兒子聽罷卻只答道：「噢，對啊。」便再也不吱聲了。老人見狀，遂下決心將祖傳的一幅古畫變賣，來為亡妻立碑。可是，他與兒子商量此事，兒子還是漠不關心地說了句：「你想怎麼辦就怎麼辦吧。」

　　老人的兒子在內務省❶的社寺局❷上班，每月只有四十日元的收入，除了要養活妻子和兩個孩子外，還要贍養大刀老人，生活過得很拮据。如果不是老人在世的話，這幅珍貴的古畫也許早就被拿去變現了。

　　老人的這幅古畫絲絹質地，約一尺見方，因年代已久，絹布早已發黃。把它掛在昏暗的客廳裏，甚至都看不出畫的是什麼。老人自稱這是王若水❸畫的葵。每個月總有那麼一兩次，老人會從壁櫥裏拿出裝有這幅古畫的桐木箱子，撣掉上面的灰塵，然後小心翼翼地取出畫，掛在自

❶　內務省：又稱中務省，日本的行政機構之一，1873 年 11 月 10 日設立，1947 年 12 月 31 日廢除。
❷　社寺局：日本內務省八局之一，主要負責神道教的日常事務，以及祭祀、禮儀等教務。
❸　王若水：中國古代元朝畫家。

家低矮的牆壁上細細玩味。仔細端詳，發黃的絹布上隱約呈現出一個舊血漬般的大大的圖案，綠色顏料剝落後的痕跡也會映入眼簾。每當老人欣賞這幅圖案模糊的中國古畫時，總會不禁陶醉其中，幾乎忘記了時間的流逝。這時，他會吸上一口煙，或者喝口茶，或者什麼都不幹只是盯著畫。

「爺爺，這是什麼東西呀？」小孫子說著走過來，想用手去摸畫。老人這才回過神來，趕忙說道：「這可碰不得啊。」便立馬將畫捲起來。孩子們又纏著他嚷嚷道：「爺爺，爺爺，我們要吃糖。」「好好好，我這就去買，你們可不要亂動東西啊。」他將畫放回桐木箱內，然後再收進壁櫥中，這才出門散步去了。回來時，他順道去了鎮上的糖果店，給孫子們買回兩袋薄荷味的糖果。他兒子結婚較晚，有兩個孩子，一個六歲，一個才四歲。

與兒子商量後的第二天，老人帶著用包袱裹著的桐木箱子，早早出門了。可是，到了下午四點左右，他又帶著箱子回來了。孩子們等在門口問他要糖吃，他什麼也沒說，默默地進了屋，從箱子中拿出畫，掛在牆上，呆呆地一直盯著那幅畫。原來他帶著這幅畫走了四五家古董店，可店家總以沒有落款或者畫有些褪色等理由挑他的畫，都沒有給出個好價錢。

兒子勸他不要再去古董店了，他自己也這麼想。大約兩週後，他又抱著箱子出去了，這次是經介紹帶著畫去了兒子科長的朋友那裏，回來時還是沒給孫子買糖果。兒子一回來，老人便質問道：「你怎麼給我介紹了個那麼不識貨的，他那裏的東西都是贗品。」那語氣彷彿在責怪兒子也一樣不地道似的。兒子無奈，只是苦笑了一下。

二月初，一次偶然的機會，老人終於遇到了一個懂畫之人，將畫賣給了他。賣了畫之後，老人直接去谷中❶給亡妻訂做了一塊氣派的墓碑，之後又把剩下的錢存入了郵局。

大約五天後，他像往常一樣出去散步，回來時卻比平時晚了兩個小時，手裏還抱著兩大袋糖果。他因為記掛著那幅賣掉的畫，又去買主那裏看了一下。那幅畫靜靜地高掛於買家茶室❷的牆上，畫的前面還擺放著晶瑩剔透般的臘梅插花。老人說他在那裏還受到了款待。

回來後，他對兒子說：「畫放人家那裏，也許更讓我放心。」兒子答道：「也許，是吧。」

之後的三天裏，孩子們每天都有糖果吃。

（折花花　曹珺紅　譯）

---

❶ 谷中：位於日本東京都台東區，上野公園的西北地區，有很多寺院和墓地。

❷ 茶室：日本獨特的建築樣式，有四張榻榻米大小，相當於 7.29 平方米。

《蒙娜麗莎》

每逢週日，井深便會圍上圍脖、兩手揣懷裏地去舊貨店轉悠。在這些賣舊家什玩意兒的店舖中，他尤其喜歡去那些堆滿了污糟不堪、上了年代的舊貨的商店，會進去挨個兒擺弄個遍。他原本就不是此行中人，也看不出什麼名堂，但他有那麼點小心思：「那看起來有意思又便宜的東西，我隔三差五買回去幾個，說不準一年真能碰上一件值錢的好東西呢。」

　　一個月前，井深花十五錢買了個鑄鐵壺蓋兒，拿回家做了鎮紙；上個週末，他花二十五錢❶買回去的刀鍔也做了鎮尺用。今天他的目標是想瞅個稍微大點兒的、顯眼一點的東西，像掛軸、匾額一類能掛在書房做裝飾用。環顧四周，他發現牆邊橫躺著一幅落滿了灰塵的畫兒，那是一幅彩色畫像，畫的是一個西洋女人。畫像前面放著一架年代久遠、槽口磨損了的轆轤，轆轤上面還立著一個不明就裏的花瓶，瓶中插著一管黃色的尺八，尺八的歌口擋住了井深看畫的視線。

　　這幅西洋畫與這家古董店的氛圍很不協調。然而細

---

❶　錢：貨幣單位，一日元等於一百錢，明治二十七至四十四年間（1895–1912），日本公務員平均工資約為五十至五十五日元。

看那畫像歷經了時空洗禮、帶有深深時代印記的昏暗的顏色，又覺得它存放於此處再合適不過了。井深認定它值不了幾個錢，不曾想一問卻要一日元，井深覺得太貴了，有些猶豫要不要買。不過，裝裱的玻璃也完好，畫框也還結實，和店老闆一番討價還價後，最終井深還是花八十錢買下了這幅畫。

就這樣，井深在一個寒冷冬日的傍晚抱著這幅半身畫像回家去了。走進此時已有些昏暗的房間，井深便迅速拆了包裝，將畫像立到牆邊，仔細端詳起來。這時，妻子端著一盞油燈走進屋來，井深又讓妻子用燈照著，再一次細細品味起這幅自己用八十錢買回來的畫像。色彩古樸偏黑的整個畫像中惟有人像的臉部微微泛黃，想必是有些年頭了。井深扭過頭問妻子覺得怎樣。妻子將油燈稍稍舉高了一點，凝視著那泛黃的女人，良久也未吱聲。過了許久才說了一句：「好詭異的表情！」井深笑了笑回答道：「我可是花了八十錢呢！」

晚飯後，井深踩著橙子在榻窗上方釘了顆釘子，將買來的畫掛了上去。妻子阻止他說：「這女人的面相好生奇怪，看著她總有一種異樣的感覺，還是別掛了。」井深對妻子的屢次勸阻置之不理，只是回答說：「哪有的事兒，那

是你的心理作用。」

　　妻子轉身離開書房去了茶室，井深也開始伏案查閱
起了資料。不到十分鐘，他便忍不住擱下筆，抬頭眺望起
那幅畫來。畫中泛黃的女人微笑著，薄薄的嘴唇，嘴角微
微上翹，上翹處淺淺的凹進去一點，畫家利用光線讓她看
上去似欲啟朱唇，又似故翕雙唇。井深目不轉睛地盯著那
女人的嘴角，不知何故，心頭突然有一種難以名狀的感
覺……於是他迅速將視線移回桌面。

　　井深手頭的工作名曰查資料，其實多半是在抄錄。因
為無須集中精力，所以，隔了不大一會兒，他又不自覺地
抬起頭去看那幅畫。井深依舊覺得畫中那女人的嘴角處頗
有蹊蹺。她表情沉穩，一雙單眼皮的眼睛，目光淡定地投
向房間……井深趕忙再次將目光收回到書桌。

　　就這樣，那一晚井深對著畫兒看了一遍又一遍，慢
慢地開始覺得妻子的說法是對的。次日，井深一臉平靜、
像往常一樣去官署上班。下午四點回到家，他發現那幅畫
被平放在了桌子上。原來晌午剛過，那幅畫突然從楣窗上
掉了下來，玻璃也碎了一地。井深將畫兒翻過來一看，發
現畫框後面昨晚掛畫兒時穿繩子的環兒莫名其妙地掉了。
井深順手拆開畫框查看，在畫的背板下發現了一份四折的

信，那是一張西式紙張，上面用墨水寫了這樣一段奇妙的文字：

「蒙娜麗莎之唇暗藏女性的秘密。自古以來惟達芬奇一人能狀畫此謎，卻未有一人能解其謎。」

第二天，井深到官署問同事：「你們有誰知道蒙娜麗莎是誰嗎？」大家紛紛搖頭。「那達芬奇呢？」還是無人知曉。

最終，井深聽從了妻子的建議，將這幅不吉利的畫以五錢價格當廢品賣了。

（魏麗君　楊曉鐘　譯）

昔

皮特洛赫里山谷秋色正濃，在十月陽光的照耀下，這裏層林盡染，山野紅遍，滿目流金。人們日出而作，日落而息，在秋韻中迎來了一天又一天。十月的斜陽包裹著寂靜山谷的空氣，既不會即刻西沉，也不往山那邊遊走，紋絲不動地籠罩在無風的村落上面。漸漸地，正如酸澀的果實不知不覺已經變得甘甜一般，原野和樹林也變換著妝容，整個山谷歷經歲月流轉，刻下了時代的痕跡。這個時候，皮特洛赫里山谷就彷彿回到了一二百年前，變得安寧、靜謐。人們揚起一張張深諳世事的臉龐，望著掠過山脊的雲朵。那雲兒時而潔白，時而暗灰，偶爾還能透過稀薄的雲端瞥見群山的肌膚。不論何時，它們彷彿都散發著滄桑古意。

我住的地方在一座小山丘上，既能欣賞到白雲，也能俯覽到山谷。房子南牆日照充足，或許是因為多年以來都被十月陽光照射的緣故，枯灰的牆壁西端竟爬著一株薔薇，幾朵花兒盛開在冰冷的牆壁和溫暖的陽光之間，碩大的淡黃色花苞張開了花口，花瓣靜靜地從花萼中一圈圈舒展開來。淡淡的陽光稀釋了花香，這花香便消失在空氣裏。我佇立在距離她約四米的地方，抬頭仰望，薔薇高高地向上攀爬，灰色的牆壁筆直地矗立著，支撐起薔薇的藤

蔓，直到她夠不到的地方。屋頂盡頭是座「塔」，陽光透過「塔頂」的雲靄照射下來。

　　腳下是沉入皮特洛赫里山谷的丘崗，一眼望去，小丘盡頭隱沒在地平線裏。對面山坡上，白樺樹林層層疊疊，金黃醉人，染盡秋色。一坡深濃，一坡淺淡，交錯有致。在這明亮而寂靜的山谷中間，一條混合著泥炭的溪流宛如黑色的帶子蜿蜒開來，那古樸的顏色像是溶入了染色粉。這種顏色的溪流是我來到這裏之前從未見到過的。

　　這時，主人狄克遜來到了我的背後。十月的陽光下，他的鬍鬚花白一片。狄克遜的打扮也別具一格：他穿著一條齊膝長短的蘇格蘭褶裙，如同馬車上蓋在膝部的圍毯一般的粗條紋布質地，筒形的裙子上面有豎褶。小腿上只套著一雙粗大的毛線襪。走路的時候，大腿處的肌膚若隱若現，這是不會因露出肌膚而感到難為情的舊式褌裙。

　　狄克遜腰前掛著一個木魚大小的皮袋子，平日裏，他時常坐到暖爐旁，一邊望著滋滋作響的燃燒中的煤炭，一邊從「木魚」中拿出煙斗和煙絲，「吧嗒吧嗒」地吞雲吐霧到半夜。

　　我和狄克遜一道走下山崖，踏上了一條幽暗的小徑。雲彩掛在「歐洲赤松」那宛如海帶絲般細細的葉子上難以

拂去。黑褐色的樹幹上，一隻松鼠搖擺著又長又肥的大尾巴「哧溜哧溜」地往上竄。還沒等我反應過來，只見另一隻松鼠甩著大尾巴像拂塵一樣擦著青黑色的苔蘚風馳電掣般跑過，隨即消失在了暗處。而那片厚實的苔蘚卻紋絲沒動。

烏黑的河流依舊流淌在山谷中間，狄克遜轉過頭來，指著皮特洛赫里明亮的山谷說道：「據說河流往北近六公里處就是基利克蘭基山谷。」

高地人和低地人在基利克蘭基山谷決戰的時候，山谷中堆滿了士兵的屍體，甚至阻塞了水流。

我決定明天一早去尋訪古戰場。

從山崖歸來，兩三片美麗的薔薇花瓣散落腳下。

（康小雲　楊曉鐘　譯）

下宿

我第一次寄宿選擇的是倫敦北部的一所公寓。因為對那裏的一棟紅瓦二層小洋樓情有獨鍾，於是我便以每週兩英鎊的較高租金，租了一間陰面的房間。據房東主婦介紹，朝陽的那間租給了一位 K 先生，眼下他正在蘇格蘭考察，暫時不會回來。

　　房東主婦的長相令人印象深刻：深眼窩、塌鼻梁、高顴骨、尖下巴。稍一打量，就會發現她與普通女性不同，從外表上甚至都無法判斷出她的性別和大致年齡。在我看來，可能是因為她性格暴躁、乖戾、固執、倔強、多疑等缺點，造就了她如此「不同凡響」的面相吧。

　　與大多數英國人不同，主婦有著烏黑的頭髮和雙眸。然而，在語言方面卻和普通的英國人沒有絲毫的差別。剛搬來的那天，她邀我喝茶，下樓後我才發現家中只有主婦一人。那是一間朝北的小飯廳，我四下打量了一番，發現昏暗的房間中彷彿陽光從未照進來過，壁爐台上孤零零地擺放著一盆水仙。我和主婦相向而坐，她邊招呼我喝茶吃麵包，邊跟我聊著家常。不知是因為提到了什麼，主婦告訴我實際上她出生在法國而並非英國。說到這兒，她回過頭去一邊注視著插在玻璃瓶中的水仙，一邊向我抱怨起了英國陰冷潮濕的天氣，似乎是想告訴我，就連花兒也沒有

法國的好看。

　　我不禁將這盆毫無生氣的水仙，和主婦那消瘦蒼白的臉頰做了一番對比。聯想到這兩者如果處在遙遠的法國，應該將是另一番情景吧。在主婦那黑髮黑眸之下，故鄉春日溫暖的氣息早已逝去，留下的大概只有蒼白的回憶。我問她會說法語嗎？她似乎想說不會，但一開口，兩三句流利的法語便脫口而出，很難想像，她那枯瘦的喉嚨裏竟能發出如此柔美的聲音。

　　那天晚飯時，餐桌前多了一位禿頂白鬚的老人。主婦向我介紹說這是她的父親。這時，我意識到他才是這家的主人。老人說話的語調很奇特，一聽就知道他不是英國人。我暗自思忖，這對父女一定是渡過海峽，最終在倫敦定居了下來。還沒等我問，老人就主動告訴我說自己是德國人。這多少有些出乎我的意料，我只回了聲：「哦，是嗎？」

　　飯後，我回到自己的房間，本打算看會兒書，可樓下的那對父女卻一直讓我定不下心來。老人和他那瘦骨嶙峋的女兒沒有絲毫的相像之處。他雙頰鼓脹，一雙細小的眼睛，蒜頭一樣的鼻子隨意地嵌在臉上，和南非的克留格爾（Paul Kruger）總統長得尤為相像。有一副難稱悅目的

容貌。他對待女兒的態度蠻橫，雖然牙齒不全，說話含糊不清，卻總能讓人感到語氣的粗暴。而女兒在面對著父親時，原本就兇巴巴的長相也顯得越加兇惡，怎麼看他們都不像是一對普通的父女。想著想著，我便睡著了。

　　第二天下樓吃早飯時，我發現除了昨晚的那對父女，桌上又多了一個人。他看上去四十歲左右，面色紅潤，和藹可親。我在飯廳門口遇到他的那一剎那，才第一次在這裏彷彿感到了些許生機。「這是我的哥哥。」主婦向我介紹道。如我所料，這個人果然不是她的丈夫。雖說是兄妹，但兩人的長相卻又大不相同，讓人難以置信。

　　天氣陰沉的一天，我在外面吃完午飯，三點過後回到了住處。沒過多久，主婦便過來邀我下樓喝茶。我推開飯廳的門，發現昏暗的房間中只有主婦一人，此時她已經擺好了茶具，坐在火爐旁邊等候了。因為生著火爐的緣故，屋內頓時明亮了幾分。火爐剛點著沒多久，藉著微弱的火光，我發現主婦的臉上有了些許的血色，並且還塗了些香粉。此時，我站在門口已經深切地體會到了主婦獨自一人化妝時心中的那份寂寥與孤獨。主婦也彷彿看穿了我的心思。也就是在這天，她向我講述了他們家的故事。

　　二十五年前，主婦的母親嫁給了一位法國人，生下了

她。可是沒過幾年，主婦的父親就去世了，母親便帶著她改嫁給了一位德國人。這個德國人就是昨晚的那位老人。他在倫敦西區經營著一家裁縫店，每天都到那裏去上班。他與前妻生的兒子也在店裏幫忙，然而他們父子關係十分緊張，即使同住在一個屋檐下，兩人也從不說話。兒子每天都很晚才回來，總是先在門口脫掉鞋子，躡手躡腳地偷偷穿過走廊回到自己的房間去休息。主婦的母親很久之前就去世了，去世前她曾向丈夫反覆叮囑過要照顧好自己的女兒。後來，母親全部的財產都由她這位繼父接管了，而她連一分錢也不能隨意使用。出於無奈，主婦才出租了部分房間以賺取零用錢。

「而阿古尼斯呢……」剛說到這裏，阿古尼斯抱著烤麵包從廚房裏走了出來。於是，主婦便停了下來。阿古尼斯是一個十三四歲的小女孩，在這家幫忙幹活。在我看來，阿古尼斯與我今天早上看到的那個男人，長得有些相像。

「阿古尼斯，你要吃烤麵包嗎？」主婦問道。

阿古尼斯沒說話，拿了一片麵包便又退回了廚房。

一個月之後，我搬離了這家公寓。

（侯春玲　曹珺紅　譯）

過去的味道

我搬離原公寓的兩週前，K君從蘇格蘭歸來。經過公寓女主人的介紹，我結識了K君。

　　如今回想起來，仍覺得我們二人的相遇過程極其「奇妙」：身在異鄉的兩個日本人，在倫敦市區的一所小公寓裏偶然相遇，然而雙方並非通過自我介紹相識，而是經過一個對我們的身分、地位、秉性、經歷一無所知的外國婦人的介紹，才相識了……

　　記得那時這位婦人身著黑色衣裝，伸出她那骨瘦如柴的手指向我說：「K君，這是N君。」話音未落，又把另一隻手伸向K君：「N君，這是K君。」就這樣，她用完全相同的、簡潔的話語把我們介紹給了對方。那婦人當時的態度既嚴肅又莊重，令我為之驚詫不已。K君與我相對而立，臉上露出了微笑，淺淺的皺紋爬上眼角。而我卻怎麼也笑不出來，就像在參加由幽靈主持的婚禮一般，心中的寂寥之感無法言喻。門外那婦人的腳步聲漸漸遠去，使氣氛顯得越加詭異。我甚至覺得那婦人的黑色身影會帶走所到之處原有的生機，使其迅即成為廢棄的遺跡；人如果一不小心觸碰到她的身體，彷彿也會隨即變成冷血……

　　那婦人離開後，我和K君便很快熟絡起來。K君的房間很是奢華：地上鋪著漂亮的地毯，窗邊掛著白紡綢窗簾，

屋內擺放著高檔的安樂椅、搖椅，裏面還帶一間小臥室。最令我欣喜的卻是他的房間裏有個永不熄滅的取暖炭爐和那極盡奢華地燃燒著的熊熊火焰。

　　此後，我便成了 K 君家的常客。我們一起品茶，中午時常一起去附近的餐廳就餐，每次都是 K 君為我買單。據說 K 君是來實地考察港口的，錢袋相當充盈。他在屋裏時，通常穿著絳紫色緞底花鳥刺繡睡衣，小日子相當舒適。而我呢，卻還穿著從日本來時的衣服，髒兮兮的，很不體面。K 君也覺得我的穿著過於寒磣，為此，還特意借錢給我，讓我去置辦新衣。

　　在那兩週中，K 君與我無話不談，當他說道組建慶應內閣這件事時（所謂慶應內閣，即由慶應年間出生的人組成的內閣），曾問起我於何年。得知我生於慶應三年時，K 君便調侃道：「你也有機會啊。」我依稀記得 K 君生於慶應元年或慶應二年，也就是說，我如果再晚出生一兩年，就沒有機會和 K 君一起參政議政了。

　　我們如此這般一起談笑時，也常會談及樓下的房東一家。每當這時，K 君總是蹙眉搖頭。他常說，在這一家之中，那個叫阿古尼斯的小女人最可憐。早上，阿古尼斯會送燒炭到 K 君的房間，下午又會送來奶茶、黃油和麵包。

她通常像微風一般，輕輕而來，悄聲而去。除了每次都會用她那鑲嵌在蒼白面龐上的溫潤的大眼睛致以問候之外，不曾發出任何聲響。

有一天，我告訴 K 君覺得住在這裏不自在，想搬出去。K 君贊同了我的想法，說自己因考察而東奔西走，住哪裏都無所謂，建議我找一個舒適的地方安頓下來，好好學習。那時 K 君因要前往地中海的對岸，正在準備行裝。

當我要搬出公寓時，那婦人懇求我留下，甚至說可以降低房租，K 君外出期間，它的那個房間歸我使用 …… 但我毅然決然地搬到了倫敦的南面。此時的 K 君也去了遠方。

之後過了兩三個月，我突然收到了一封 K 君的來信，他說他已考察歸來，這段時間都會待在英國，讓我去聚一聚。我本想馬上就過去，可是由於諸多事情，一直沒找到合適的機會。過了大約一週左右，我因事要去伊斯林頓，返回時順道去了 K 君的住所。

站在曾經住過的公寓前，透過二樓窗戶的玻璃，依然可以看到那被拉開的紡綢窗簾。我暢想著屋內暖暖的火爐、絳紫色緞底刺繡睡衣、安樂椅以及 K 君興高采烈地講述旅途見聞的模樣 …… 我激動地來到門前，「咚咚咚」地敲起了門，但卻聽不到門內有任何動靜。我想可能房東沒

聽到吧，便伸手又要敲門，就在這個時候，門自己開了。我跨過門檻進入屋內，撞見了帶著一臉歉意、正盯著我看的阿古尼斯。這時，被我遺忘了三個多月的原公寓的味道，像一陣閃電，擊中了站在狹窄走廊上的我，刺激了所有的嗅覺細胞，一瞬間回憶都甦醒了。而在那味道之中，包含著圍繞在他們一家四口之間的所有秘密。當我嗅到這種味道時，我堅信他們的情意、動作、言語、神情，統統帶有濃郁的黑色地獄的色彩，以至於我不想在此停留片刻，不忍再到二樓與 K 君相見。

（曹函　楊曉鐘　譯）

長谷川君和我

長谷川君和我，彼此只是知道對方的姓名，並無什麼往來。記得入職之初，我甚至都不知道長谷川君那時已是我們朝日新聞社的職員。至於後來是什麼機緣知曉此事的，如今已經印象全無。總之，我入職後許久並未與他晤面。

　　那時，長谷川君的家在西片町❶，我當時也住在阿部宅邸內，從住所來看，可謂是近在咫尺。按說我拿著名片去拜訪他實屬常理，可我卻偷閒躲靜，一直未去探訪。

　　不久，在大阪工作的鳥居君來訪，報社的主筆池邊君在有樂町的俱樂部宴請了我們十幾個人。身為一名新人，那是我初次和報社的重要人物共餐，其中就包括了長谷川君。當有人給我介紹「這位是長谷川君」時，我強掩住內心的驚訝和他打了招呼。我的驚訝源於他與我先前所想像的長谷川君相去甚遠。起初看見長谷川君進來時的樣子，聽到長谷川君和其他同事親暱地互相打招呼時的語調，我只是認為這應該是一位很重要的職員，渾然不覺那便是長谷川君。我自年輕時就耽於種種想像，但對陌生人的容貌、態度等的想像卻鮮少為之。及至中年，對之更是漠不關心。對於長谷川君，我也未曾做過什麼特別鮮明的預想，然而冥冥之中，我的腦海裏竟描繪有長谷川君的形

----

❶　西片町：位於日本東京都文京區。

象，故而乍見到長谷川君時就忍不住地「哦」出聲來。話雖如此，若剖析這種訝異，則盡是些消極因素。我沒想到他是身材如此魁梧、骨骼如此結實、肩膀如此寬厚的人，也沒想到他的下顎是方形的。奈何他的身形怎麼看都是四方四正的，甚至連腦袋也不例外，至今想起來仍不免覺得詫異。雖然當時我尚未曾讀過《面影》，但我無論如何也無法想像，現實中這樣的他竟能寫出如此香艷的小說！說他魁偉雖稍顯誇張，但總歸是與魁偉二字相近的，怎麼看也不像手握一杆細筆，坐在桌前呻吟的人。所以，著實令我大吃了一驚。但更使我吃驚的是長谷川君的語調。坦白講，我認為有點浮漂。但不得不承認他的語調沉穩而舒緩、從容不迫。當同事把他介紹給我的時候，他只是簡單地寒暄了幾句。（當然，事實上我同樣也只是回應了一兩句。）他具體說了什麼內容如今我已全然忘卻，不過的確不是慣常的空洞言辭。我們彼此只是淡漠地互相問候了對方。我不清楚自己給對方的印象如何，只是驚訝於對方的模樣。如果基於我們都是文人墨客，互相恭維對方難免見罪於其他諸君。但即便如此，我也並沒想草草結束與長谷川君的對話，這一切的發生都是在我的預料之外。

在當天的聚餐中，我並未得到與長谷川君交談的機會，只是默默地聽著他在說。當時我感覺他是一位有品

位、很紳士的男人。既不像文學家，也非新聞工作者，更不是政治家或軍人，而是儼然超脫於所有職業的一位有品位的紳士。他身上散發出來的氣息讓人感受到了社交的愉悅。他的這種品味，不單單是門第等級制度下貴族氣質的產物，更是一半來自性情，一半來自修養。在他的那種修養中，並無自制或克己等這些所謂沿襲漢學家們強制矯正自我的痕跡。我認定他的修養部分是他的學問自然形成，還有部分來自和學問相對的方面，即俗話所說的歷經苦難後的超凡脫俗，脫離世俗後又安於世俗。

席間，長谷川君和池邊君談起了俄羅斯的政黨問題。長谷川君似乎對這個話題饒有興致，可謂是滔滔不絕。雖說能言善辯這個詞聽上去有些不雅，但從他們談論的時間來看，只能用這個詞來形容他了。且不論長谷川君對俄羅斯政黨知識掌握的詳細程度，單單就他熟知議會中出席者的入座位置，以及口中時不時蹦出的各種「某某斯基」等拗口難辨的名字，就能讓人佩服得五體投地，彷彿他昨日剛剛親臨其境。最令人不可思議的是，這一切都顯得是那麼的自然，絲毫沒有故弄玄虛、賣弄顯擺的成分。我原本就是一個不關心政黨政治的人，一個甚至被朋友笑話連當今眾議院議長是誰都不知曉的人，自然對這種交談興味索然。於是，在漫長的談話中途我便離場回家了。這便是我

和長谷川君初次謀面。

　　數日後，我因事去了趟報社。爬上髒兮兮的樓梯，推開編輯部的門，我看到四五個人正圍著北邊靠窗的桌子在說著什麼。在推開門的瞬間，我便認出了其他幾人，只有一人，身著灰色西服，長大的身軀露出椅背，背對著我坐在那裏，我一時間沒能分辨出來。待我轉到側面去看，原來是長谷川君。「能否指教一二⋯⋯」我向他問道。「哦，低氣壓期間謝絕來客！」我話音未落他便撂下這麼一句。低氣壓是什麼呢，不了解他生活規律的我一時摸不著頭腦。但「謝絕來客」四個字卻語義清晰，於是我便沒有再問。我當時想當然地自解為，他是將狀態不佳打趣說成低氣壓。後來一打聽才知道他講的是低氣壓（氣象術語）的本意，低氣壓期間，他的頭疼之疾就會如影隨形地糾纏著他。當時我也同他較量，掛出了「謝絕來客」的牌子。不過我的確是遭受了創作上的低氣壓。但從表面上看起來，我們雙方的「謝絕來客」並無不同。因此，對於兩個既非至交又找不到必須卸下牌子緣由的我們，以後便也再無交談。

　　我依稀記得那是炎熱的夏季。一日午後，我去浴池洗澡。當我脫了衣服正要沖洗，不經意間瞥見對面洗澡人的側臉，原來是長谷川君。我招呼他道：「長谷川君！」他

似乎一直沒有注意到我，這時抬起頭來「噢」了一聲。入浴中我們沒再多言語。我浴後擦乾身體，來到鋪有涼蓆的走廊上手搖扇子納涼。不久，長谷川君也走了過來。他戴上眼鏡，與我攀談起來。記憶當中我們兩人當時都赤裸著身體。然而，長谷川君如同初次見面談論俄羅斯政黨時一樣，依然用他那特有的低沉、舒緩的語調，不厭其煩地訴說著他的頭痛，毫不在意我們彼此都赤裸著身體。他說他去年有一次突然跌倒，在田端❶休養了許久，如今恢復得好多了。我半開玩笑地問道：「那還得謝絕來客吧？」他回答道：「呀……」我說了句「那麼，我暫時就不去拜訪了」，便與他別過。

是年秋天，我從西片町搬到了早稻田。由於遷居，我與長谷川君越加疏遠了。我買了他的小說《面影》，拜讀之後很是欽佩。（從某種意義上說，至今仍感佩服。很遺憾，本文並非文學評論，所以在這裏我就不能解釋為什麼是「從某種意義上說」了。）於是，我寫了封信從早稻田寄到了西片町，聊表我的讚美之意。他飽受頭疼之苦，很是可憐，所以我自作多情地認為我的讚美之辭能給他些許慰藉吧。我做夢也沒想到他並不以文學家自居，身為他的同行

---

❶　田端：位於日本東京都北區。

同事，我這樣自我陶醉的做法或許真是多此一舉。

長谷川君回寄了我一張明信片，上書「謝謝，改日當面致謝」等寥寥數語。我很吃驚，他寫明信片時的文筆簡單、淡漠，竟然絲毫不似《面影》的風格。也是從那個時候開始，我才了解了長谷川君的文筆之風韻，但那絕非《面影》的風格。

之後，我們又好久沒有來往。再次相見，他去俄羅斯的事已基本確定下來。鳥居君從大阪趕來，約長谷川君和我共進午餐，地點是神田川。我記得，在旅館會合後，我們正討論在這兒吃還是在哪兒吃時，長谷川君卻不停地提出吃什麼的問題。當時他還問我，中華亭這三個字怎麼寫？在神田川吃飯時，他談了很多事情，去滿洲旅行的事，被俄羅斯人抓入牢中的事 …… 接著，長谷川君又談起了現如今風雲變幻的俄羅斯文壇動向，說到了許多知名文學家的名姓（他談及的很多人名，我都不曾聽過），也提到了日本的小說不暢銷，去俄羅斯後，他希望能把日本人的短篇小說譯成俄語等。我們三個人躺著，共同度過了兩三個小時，借此機會暢談了一番。末了，他說想宴請丹欽科（Vladimir Nemirovich-Danchenko）❶，讓我們作陪。他還

---

❶　丹欽科（1858−1943）：俄國、蘇聯戲劇導演、劇作家及戲劇教育家。

說他不在時，讓我替他照顧他在物集的女兒。然後我們便分別了。

　　與長谷川君最後一次相見，是在他出發赴俄之前來辭行的那天。這是長谷川君初次來我家，也是最後一次。他走進客廳，環視四周，說了句「感覺像個寺院」。因特地為辭行而來，他便也沒有多說什麼。只是反覆拜託我，要將他在物集的女兒當作是自己學生一般照顧，此外還需要我照顧一個當時隻身居住在北國之人。

　　隔日，我去回禮時，他不在家，我們未能相見，最終我也未能去為他送行。後來，我與長谷川君便再也沒有見過了。他駐留莫斯科時僅給我寄過一張明信片，上面寫著難抵彼處的嚴寒。我看了那張明信片，同情之餘不免覺得奇怪。在我看來無論如何也不至於冷到凍死人的田地，然而他似乎認為這是真的。長谷川君終究還是去世了。在我們互不熟識的情形下便離去了。即便他活著，也許我們就只有那些許交集，抑或說不定我們會有更親密的交往。我只能把我所敘述的長谷川君作為真正的長谷川君來懷念，當做關係疏遠的朋友來記憶。我時常看望長谷川君在物集的女兒，至於那位身居北國之人，則杳無音信。

　　　　　　　　　　　　　　　　（劉亞傑　楊曉鐘　譯）

火盆

我一覺醒來，發現昨晚抱著入睡的懷爐已經冷卻了。透過玻璃窗向外張望，灰暗的天空如鉛般沉重。胃已經不那麼疼了。我一骨碌爬了起來，結果外面比想像中的還要冷。只見窗戶底下，昨日積雪依舊。

浴室已經結冰，硬邦邦的泛著冰冷的光。自來水管凍得嚴嚴實實，扭都扭不開。最後，好不容易才用溫水解凍，在茶室泡了杯紅茶。這時，我那將滿兩歲的兒子又開始哭鬧了起來。這孩子前天哭了整整一天，昨天也是接著不停地哭。我問妻子他怎麼了，妻子回答說也沒什麼，就是太冷了。那就沒辦法了。難怪他哭得抽抽搭搭，既不像因為疼痛，也不像出於難受。但他既然哭了，想必還是有一些不對勁的地方。我這一問，結果連自己都開始變得擔心起來，有時也會生起氣來。雖然我也想大聲訓斥他，但不管怎麼說，他終究年紀太小，想到這點我也只得忍耐著。前天如此，昨天亦是。一想到今天或許也會這樣，所以一大早開始心情就不好了。因為胃疼，我決定最近都不吃早飯，於是便端著茶杯直接去了書房。

我把手放在火盆上取暖，稍微暖和一點時，孩子仍然在那邊哭泣。過了一會兒，我感到只有手掌熱得快要冒煙，但是，後背和肩膀還非常地冷，特別是腳尖，早已經

凍僵，一陣陣地刺痛。萬般無奈之下，我只好一動不動地待著。因為只要稍微動一下手，手就會碰到周圍冰冷的空氣，那刺骨的寒冷異常清晰。就連突然轉動脖子時，冰冷的衣領滑過頸部都讓人無法承受。漫天的寒冷從四面八方向我襲來，我只能在十張榻榻米大小的書房裏縮成一團。這間書房鋪的是地板，我在本該放椅子的地方鋪著地毯，把它想像成普通的蓆子坐在上面。但是，地毯太窄，四面邊長二尺左右，邊上露出光滑的地板泛著冷光。我一動不動地縮成一團，觀察著這間書房。這時，兒子還在不停地哭泣。這讓我絲毫也提不起精神去工作。

妻子進來借錶時說又下雪了。我向外一看，發現不知從何時起，細小的雪花開始飄落下來。屋外沒有一絲風，雪花從灰暗的天空中飄落下來，寂靜，緩慢而又無情。

「哎，去年，孩子生病時燒火爐的炭價是多少啊？」我問妻子道。

「那時是月末，要二十八日元。」

我聽了妻子的回答，對在屋裏燒火爐一事便徹底死心了。火爐現在還在後面的庫房裏放著呢。

「哎，你能不能讓孩子稍微靜一靜啊？」

妻子露出了無可奈何的表情說道：

「阿政說自己肚子疼，看起來好像很痛苦，要不要請林醫生來給看看啊？」

我知道阿政已經因病臥床兩三天了，但沒想到情況會這麼嚴重。我說還是早點叫醫生比較好。聽我這樣一提醒，妻子就同意了，直接拿著錶就出門了。關拉門時，她說：「我總覺得這間屋子比較冷。」

這時，凍僵的我依然不想工作。說實話，工作已經堆積如山了。我自己的稿子還需要再寫一章，還要給某個陌生的青年指導兩三篇短篇小說，還答應某人附信把其作品介紹給一家雜誌。在最近的這兩三個月裏，該讀卻沒讀的書都被我堆在桌子旁邊，現在已經堆得很高了。而在最近的一週裏，每每當我坐在桌邊想要工作時總會有人來訪。大家都是來找我商量一些事情，再加上我又胃疼。從這點上來看，今天還算是比較幸運的。但是，不管怎麼說，寒冷的天氣使我提不起勁，無法將手從火盆上移開。

這時，有人把車停靠在了門口。女僕過來說長澤來訪。我依然蜷縮在火盆旁，只把眼珠子向上轉了轉，仰視著進屋的長澤，說我冷得都動不了。長澤從懷中拿出信來讀，說這個月十五號是舊曆正月，希望我無論如何一定要安排出時間。一如既往是錢的問題。長澤十二點多就回去了。但是，那時依然冷得讓人受不了。我想，要不去趟澡

堂，洗個澡也許能打起精神，便提著毛巾出了門，剛好碰到吉田在門口敲門。進屋一聊起其境遇，吉田便潸然淚下。不久之後，醫生來了，後面亂糟糟一片。吉田走後，孩子又開始哭鬧了。我這才去了澡堂。

洗完澡後身體才開始變得暖和起來。我一路心情愉快地到了家，進了書房之後，發現燈已經點著，窗簾拉著。火盆裏插著新的小塊木炭。我一屁股坐到了墊子上。這時，妻子嘴裏說著「很冷吧！」一邊為我端來了蕎麥麵糊。我問阿政病情怎樣，妻子說：「醫生說有可能發展成盲腸炎。」我接過麵糊，回答說：「要是情況不樂觀，還是讓他住院比較好。」妻子說：「是啊。」便出門去了茶室。

妻子出去之後，四周突然間便變得寂靜一片。真真是個下雪的夜晚。哭鬧的兒子已經睡了。我啜著熱乎乎的蕎麥麵糊，在明亮的燈光下，側耳傾聽木炭「嘩嘩剝剝」的燃燒聲。這時，我發現紅色的火苗在灰燼裏輕輕搖曳。有時會有淡青色的火苗從木炭的縫隙中竄出來。在這紅色的火光裏，我第一次感受到了這一天中的暖和氣兒。於是，我的眼神許久都未能離開火盆中那逐漸變白的灰燼表面。

（王寧　楊曉鐘　譯）

我和鋼筆

不久前見到魯庵君時，我問他丸善文具店裏一日能售出多少鋼筆，他說多的時候能賣出一百來支。我又問他，一支鋼筆壽命幾何？他便和我講了這樣一件事，日前有一位橫濱的客人帶來支鋼筆，說是筆頭尚好筆杆短了，要求只換根筆杆。這筆是那客人十三年前買的，連續使用至今，算是使用年頭最長的了。

　　一般情況下，普通的鋼筆也至少有六七年的壽命。而壽命如此之長的鋼筆每天可以賣出上百支，可見有鋼筆需求的人群正在以迅猛的勢頭增長。當然，其中也不乏有鋼筆嗜好之人，他們在一支鋼筆沒用完時便喜新厭舊地入手一支新筆，新筆買來不久又移情別戀於其他款式，於各種筆頭、筆杆的品玩中追求愉悅。但這種嗜好在當今的日本並不普遍。在西方，有人對煙斗尤為喜好。他們樂於將長短不一的各種煙斗整齊漂亮地排列在暖爐上方。單就收集狂而言，無論是擺弄煙斗的人、賞玩酒器的人還是收集酒葫蘆的人，他們都是在自己的嗜好驅使下，陶醉於自己對同類物件的細小差異能夠敏銳地進行鑑別賞析的能力之中，而這種能力是那些門外漢們所不具備的。

　　從本質上來說，鋼筆迷們賞玩鋼筆多少有些實用性，這一點與以上所說的「癡狂人群」有些差異。但他們同時

奢侈地擁有五六支鋼筆，則與收集狂們性質相同。就收集狂的數量而言，以眼下日本的狀況來說，鋼筆狂所擁有的鋼筆數量甚至不及西方煙斗狂們的十分之一吧。所以，丸善每日賣出的一百支鋼筆中，有九十九支都是普通人因為實際需要而購買的。雖不知鋼筆來到日本有多少年頭，但價格不菲的鋼筆正逐漸成為大家極度需求的必需品，這是無可爭辯的事實。

據說鋼筆中的極品每支可達三百日元，丸善的訂貨中也有六十五日元一支的高價鋼筆。可以說普通人需求的是十日元左右的便宜鋼筆，但即便如此，也比一錢一支的蘸水筆和三錢一支的水筆高出幾百倍！如此昂貴的鋼筆每日竟可以銷售上百支，這究竟是因為我們的經濟水平已經發展到可以玩賞這足以稱為奢侈品的鋼筆，還是說這鋼筆已是我們身邊不可缺少，而使人們不惜重金獲取的寶物了呢？當然究其原因應該不是單方面的，二者擇一的想法未免過於愚癡。姑且認為這種鋼筆需求是二因共同作用引起的，而在我看來後因的成分更多些。

坦白說，我與鋼筆沒有什麼特殊情緣，也是個十足的門外漢。我開始使用鋼筆至今僅有三四個年頭，因此我們的關係甚疏也不足為奇。十二年前漂洋留學，親戚送行之

際曾贈與我一支鋼筆，然而這支鋼筆還沒使用就被我在船上模仿「體操表演」擺弄壞了。此後在國外的日子裏我多使用的是蘸水筆，即便後來回到日本，陷於必須要手寫稿之境地時，我也是用蘸水筆寫的一手臭字應付了過去。時至今日，我雖已不記得三四年前突然改用起鋼筆的具體緣由了，但首先肯定是出於鋼筆方便這個實際性的動機吧。未曾使用過鋼筆的我那時從丸善買回兩支被命名為「鵜鶘」的鋼筆，至今仍在使用著。然而不幸的是，我對這「鵜鶘」著實沒有好感。這筆總是不順我的意，有時候它會無視我的需求，滴滴答答地將墨水滴落在稿紙上，著急用的時候它又惜墨如金，一墨不吐，叫我頗感折磨。當然，這也許與我這個主人不曾厚待鋼筆有關。筆中沒墨時，一向邋遢的我便隨意從桌上抓來一瓶墨水就往「鵜鶘」肚子裏灌。不僅如此，因我一向不愛藍黑色墨水，所以特意買來深褐色的烏賊墨，硬是掰開那「鳥嘴」將我喜歡的墨水灌進去。加之我完全不懂如何維護鋼筆，終究無法降服那「怪鳥」。即便「鵜鶘」再怎麼鬧情緒罷工，我也未曾給它洗一洗，清清腸子。這樣一來，「鵜鶘」對我這個主人多半是了無好感，而我對它也已完全喪失了希望。於是，今年正月在撰寫《彼岸過迄》時，我又倒退了一個時代，重新回到了蘸

水筆的世界。那時，我發覺自己對被我冷落的「鵜鶘」感到了一份留戀，就如同懷念分別了的前妻一般。我使用著「費勁」的蘸水筆，憂煩於每次書寫途中蘸墨的不便。幸而我的文章並非那種能夠一揮而就的東西，更何況使用蘸水筆可以使用我偏愛的烏賊墨色，所以就打算姑且就用蘸水筆完成《彼岸過迄》。但其實當時的決定多少出於好強之心的。

像我這樣做個文章之類的並不需要費心思在工具上圖方便的人，抑或是鋼筆沒買好，用著不合適，而對鋼筆束手無策的人，完全拋棄掉鋼筆時也會感到這般不便。那麼，其他人棄掉毛筆、蘸水筆而不吝囊中物選擇鋼筆定是有其實用需求的。我想鋼筆如此大賣，並非因它充當了公子哥兒們玩弄的奢侈品。

我對丸善店中鋼筆的需求作出了種種解釋，然而卻對各種鋼筆研究甚少，有關它的利害得失也講不出個一二。這讓我覺得自己落後於時代而蒙羞。喝酒之人懂酒，行文之人懂鋼筆的時代亦不遠矣。只用過「鵜鶘」就說鋼筆不好用，不久我肯定因此被人恥笑吧。為了不成為笑柄，我認為嘗試其他鋼筆是很有必要的。現在我正創作的這篇文章是用魯庵專門推薦並贈與我的鋼筆「onoto」書寫的。此

筆下水流暢，甚是討我歡心。我趕走「鵜鶘」，迎來他的姐妹「onoto」，自此我對鋼筆的厭惡與罪惡也算是「一筆」勾銷了。

（馬麗　楊曉鐘　譯）

暖夢

風被高聳的建築物阻擋了去路，忽然如閃電般迅速改變了方向，從頭頂斜著吹向地面。我用右手按住禮帽在風中艱難地往前走。前邊不遠處一名正在等活兒的馬車伕從駕車的位置朝我看來，我才把手從帽子上拿開，還沒調整好姿勢他就向我豎起了食指。這是問我要不要坐車的意思，我並沒有上他的車。這時，只見他右手握緊拳頭開始朝著自己的胸部狠狠拍打，即使離他一丈多遠，也能聽到拍打時發出「咚咚」的響聲。倫敦的馬車伕這樣做是為了讓自己的身體和手暖和起來。我回頭看了看馬車伕，一頂破舊的褪色氈帽下露出沾滿白霜的濃密頭髮，穿著像用毯子縫合起來的粗布茶色外套。他如機械一般提肘向上，舉於肩處，又「咚咚」地拍打胸部。

　　我繼續往前走去。

　　路人們行色匆匆，都是一副爭先恐後的樣子，就連女人們也不甘落後。她們在後腰處輕輕地提起裙擺，高跟鞋踩在石子路上發出尖銳的聲音，好像鞋跟要被踩彎一般。仔細看，路人們的臉上都流露出嚴肅和緊張的神情，目不斜視，一個勁兒沿著一條直線往前衝，奔向自己的目的地。此時，每個人都雙唇緊閉，眉頭緊鎖。高高挺立的鼻子使深沉的臉顯得更加凝重。他們就這樣徑直地向目的地

邁著步子。儼然一副在街上走夠了，在外面待夠了，如果不分秒必爭地回到家裏就是一輩子的恥辱的架勢。

我慢吞吞地走著，總覺得在這個城市生活有些力不從心。抬頭向上看，廣闊的天空不知何時被東西如峭壁一般聳立著的高樓分割開來，只剩下中間一條狹長的帶子自東向西延伸，這條帶子的顏色從早上的深灰色漸漸變成了現在的茶褐色。高樓本來是灰色的，它們像厭倦透了溫暖的太陽光一樣，毫不客氣地擋在了路的兩側，把開闊的土地擋成了狹長的谷底，為了不讓陽光照進，它們層層疊疊，高高聳立。夾在谷底找不到出口的風，好像要把谷底掀翻一樣疾速穿過。人們如漏網的小魚四散逃開，慢吞吞的我最終也被這風吹得倉皇逃回家中。

穿過長長的迴廊，登上兩三級台階，就看到裝有彈簧裝置的大門。身體才輕輕倚在門上，還沒有發出任何聲音，就置身於偌大的迴廊。眼前是一片耀眼的光明。回頭看，大門不知什麼時候關上了，這裏如春天般溫暖。一時間，為了讓眼睛儘快適應，我使勁眨了眨眼睛。雖然人很多，但氛圍和諧且安靜，每個人看起來都輕鬆愉悅。人們並肩前行，卻並不擁擠，相處和睦。我向上看，頭頂上是色彩濃艷的圓形頂棚，亮麗的金箔閃閃發光，一片絢麗輝

煌的樣子，讓人心潮澎湃。再向前看，前方全是欄杆，在欄杆的盡頭有一個大洞。我靠近欄杆，伸長短短的脖子往洞裏看。洞的深處滿是彷彿畫裏面的小人，雖然人數眾多，但卻色彩鮮明。這就是所謂的人海吧。白黑黃青紫紅，各種明亮的顏色如大海上湧起的波濤一樣簇擁著，像疊放在一起的五彩鱗片一樣，朝著遙遠的深處微微地、整齊地蠕動而去。

　　這時，湧動的人潮忽然消失。從巨大的頂棚到遙遠的谷底一下子變暗。一切都被埋葬在這黑暗中，沒有任何聲音，彷彿黑暗吞噬了萬物，只留下一片寂靜。眼前的畫面好像被剪成了一個四邊形，從黑暗中浮現出來，漸漸地從模糊到明顯。一開始，我以為是黑暗的程度不同而已，黑暗慢慢淡去，當我感受到柔和的光芒後，才意識到我置身在輕柔的光線裏，能夠看到不透明的顏色，有黃色、紫色和藍色。不一會兒，其中的黃色和紫色開始動起來了。我靜靜地凝視著，緊張到兩眼的視覺神經都疲憊了。眼前的霧氣轉眼間就消失了，遠方明媚的陽光照耀在海面上，綠草地上出現了穿著黃色上衣的英俊男人和著紫色長袖衣服的漂亮女子。女子坐在橄欖樹下的大理石長椅上，男子站在長椅旁，低頭看著女子。溫暖的南風吹過海面送來優美

的音樂，那聲音柔美悠長。

　　忽然洞裏吵雜起來，原來他們並沒有消失在黑暗中，而是在黑暗中做著溫暖的希臘之夢。

　　　　　　　　　　　　　　　　（王敏　譯）

信

一

在莫泊桑（Guy de Maupassant）寫的題為《二十五日間》的一篇小品文裏，其開頭是這樣寫的：在某個溫泉旅館安頓下來，正要把外套和白襯衫收進衣櫥時，打開抽屜看了一下，發現捲著的紙，不經意地展開一看，「我的二十五日」的標題映入眼簾。之後，這個無名氏的二十五日就一字不改地原貌登載了出來。

阿貝‧普雷沃（Abbe Prevost）的題為《不在》的短篇小說開頭，也有類似的描述：因為輕易答應了給巴黎某個雜誌撰稿，來到德國的某個避暑勝地，在旅館的桌子上什麼上的，為構思苦思冥想，想找找有沒有什麼題材，打開桌子抽屜一一翻閱，沒想到從最底下翻出一封信，也就把信原封不動地刊登了出來。

二者的旨趣如此相似，甚至讓人懷疑新的是蹈襲了前人的做法。這對我來說都是無關痛癢的事兒。可是，最近自己也經歷了同樣的事情。迄今為止一直佩服二人不愧是寫小說的真能編啊的我，卻在那之後意識到世上有很多相似的事情，多少讓人感嘆這些偶然的重複，所以就不由得在此想把二人的作品相提並論。

話雖如此，但是莫泊桑的就如同其標題所示，是屬於某人逗留旅館二十五日印象記之類的內容，而阿貝・普雷沃的是在滯留期間一位男士寫給女客人的一封艷情信，二者都是無名氏的文字本身成為引起興趣的焦點。我自身的經歷也是在一個偶然的地方發現了一封意外的信，這成為一個導火線，收到了意想不到的實際效果，對信本身倒沒有太大的興趣。至少我在小說情調的層面上沒有品味出來，所以沒有什麼興趣。這就是和前面列舉的兩位法國作家所不同的地方，這也是與他們兩人相比，更平凡無奇的我沒有模仿他們，把那封信作為話題的中心，一字不落地抄寫在這的原因。

　　信毫無疑問是在旅館裏發現的，場所也和法國作家筆下提及的基本一致。但是為了回答「為什麼」或「什麼樣的信」這樣的問題，就有必要追溯到發現信的前一週講起。

　　就要出發前往 K 市的頭一天晚上，妻子說正好順路，回來時順便去趟重吉那兒，見見重吉，把那件事兒定亮清。總感覺就像風箏掛在樹枝上在半空蕩著似的讓人不落實。對於重吉的事兒我也有同感，可是妻子竟用了這麼形象的比喻。「你跟誰學來的嗎？」沒有任何回答，於是姑且半開玩笑地流露出些許疑惑。妻子非常意外地板著臉反問

我：「你指的什麼？」雖非有意將錯就錯，但是看來我的意思確實沒被理解，於是就撇開風箏的話題，直接商量重吉的事兒了。

重吉是個既非我家親戚也不是我家食客的一位年輕人，有一段時期甚至借宿在我家走讀，關係非常近。上大學以來就一直寄宿在外，完成四年課程後最終也沒回家。也並不是關係就疏遠了，週天、週六甚至是週內，有興致的時候就來我家玩很長時間。他生性落落大方、率真，有種男人的逍遙大氣，都是其天生的優勢。因此我和妻子都很喜歡他，重吉也把我們叫作叔叔、嬸嬸。

二

重吉剛畢業。而且剛剛畢業就去了鄉下，問他為什麼去，據他說也沒有什麼特別的原因。就是事先拜託過給自己介紹個工作的那個學長推薦說「你去那兒看看怎樣」，於是就動了這個念頭。可是再怎麼說 H 市也太那個了吧，如果是大阪啊名古屋之類的地方城市也就罷了，所以儘管他自己已經決定了，我還是對他去 H 市表示了反對。當時重吉默默地笑著，說是對方突然出現人員空缺，正為難，所

以就按暫時的約定前去，很快就回來的，說的就好像未來是可以自己隨心所欲一般。當時我想給他訂正說不是「還會回來的」而是「打算回來」，但是轉念又想沒有必要擾亂他深信不疑的心，所以就由著他那麼說了。隨即問他：「那件事兒打算怎麼辦呢？」那件事兒在目前的進展來看，是在重吉出發前必須要過問一下的話題。重吉一副毫不掛心的樣子，只說了句諸事就拜託了，滿不在乎的。對刺激不作過激的反應是這個男人的秉性。即便如此，就他的年齡和這個事情的性質，以一般的眼光來看，重吉的態度太過冷靜，讓人覺得他沒有足夠的誠意。我也心存疑惑。

　　我和妻子還有重吉之間一直作為一種暗語一樣彼此心領神會的「那件事」其實就是給他提的親事。這話要從他畢業前說起。我們之間只用「那件事」，所有的來龍去脈就浮現在腦海，所以很多時候無須特意鄭重其事地提到對方的名姓。

　　女方是妻子遠房親戚家的二女兒。由於這層關係，有時會出入我家，自然而然也就認識了重吉，不過是見了面打個招呼的交道。雖然就兩人的關係也沒有企圖給他們進一步交往的機會，表面看起來都是保持同等距離交往著。而且也看不出兩人有追求更進一步關係的苗頭。總之兩人

的關係就好比在一個年長者監督下的少女和一個只知忙於學業身分的少年由於一種社會性的事由，相互見面，做著連禮節都算不上的應酬。

所以我才很吃驚的。當重吉不急不忙地以一種和平時毫無二致的平平的語調說出「我想娶她為妻，能給我做個媒人不」時，我甚至當時反問他「你是真心的嗎？」我馬上發現，就如同重吉平常行為舉止大都很認真一般，對這件事兒他也是很認真的。而且我對他的行事方式頗為讚賞，他的方式不遵從過渡期的日本社會道德，不是當事雙方擅自行事，而是一開始就把重要決定告知作為監護人的父母。所以我就接受了他的委託。

馬上就讓妻子親自前去提了這個話，妻子帶回個怪怪的答覆，說是女方母親的回話，沒錢不要緊，但必須保證不是一個不務正業的人才能許配。為什麼會提出這樣的要求，在回話中對其緣由也做了解釋。

女孩兒有一個姐姐，她姐姐兩三年前嫁給了一個實業家，現在也沒離婚。作為一對普通的夫婦，倒也沒有什麼引人注目的風波，基本還算太平，所以在人前看起來好像沒什麼，可是做父母的這兩三年間卻在人後不斷地飽嘗痛苦的煎熬。這一切要說都是因為女兒嫁的丈夫品行不端引

起的。就是父母也不是那種為了試圖維護女兒的權利和幸福，就不讓女婿進行工作上的必要應酬的那種不通情達理之人。

三

　　實際上，父母嫁女兒之始就是知道女婿的品行的，豈止是知道，甚至認可酒和女人是讓男人事業錦上添花的必不可少的社交條件。雖說如此，他們很快就開始蹙眉，原本那麼健康的女兒嫁過去沒多久眼瞅著就憔悴下去，他們是相當痛心的。每次見到女兒母親都會問身體哪兒不好嗎，女兒只是微笑著回答說沒什麼。可是臉色卻越來越蒼白。最後終於知道是得病了，並且知道那病不是什麼太好的病，進而知道了是女婿難以啟齒的病不知什麼時候傳染給了女兒。也就是從那個時候起，父母的憂慮帶上了道德的色彩，以愛憎的意義反射到女婿身上。每看到可憐的大女兒，就無法想像今後要嫁出去的小女兒女婿是和大女婿同類的吃喝嫖賭之徒。所以夫妻之間就商定好，沒有錢不要緊，一定要嫁給一個保證不會吃喝嫖賭的可靠之人。

　　我妻子把從對方聽到的這話一五一十、反覆詳細地說

給我聽，之後就會追問，我覺得重吉應該是沒問題，你怎麼看。我就盯著榻榻米只是回答是的，於是妻子就會用略帶疑問的語氣問：「連重吉也會吃喝嫖賭嗎？」

「應該沒問題吧。」

「不是應該，必須真的沒問題才行，如果一旦有事兒，我就對不住人家，不單是我，連你不是也得擔責任？」

被妻子這麼一說，我也覺得是這個理兒，給女方家一個含糊的回覆不太好。雖說如此，但若說重吉這人會嫖賭，還真讓人無法想像，當然，他的儀表中，老氣橫秋啦、過於粗俗啦等所有和風流背道而馳的東西也沒有一樣。但是由於整體都很平平常常的緣故，根本找不到某個有吃喝嫖賭跡象的點。我和妻子合計了很長時間，最後是這麼說定的。

「你就回話說總體來說都不錯吧，吃喝嫖賭這點兒我擔保。」

「不是擔保吃喝嫖賭，是擔保不吃喝嫖賭吧。」

「那還用說，擔保吃喝嫖賭還得了。」

妻子又去了女方家擔保說絕不是一個會吃喝嫖賭的男人。這事兒就是從那時開始發展的。當重吉說起要去地方時，那事兒一直在進展著，已經定了十之八九。我在重吉

出發前往 H 市之前，特意跑了一趟女方家，在徵得女方父母同意後才讓重吉走的。

重吉和小靜的關係就從那之後戛然而止，至今還沒有新的動靜。本來我也沒那麼掛心，很快就會有一方行動起來吧，篤定萬事到時再說。妻子到底是個女人，就很擔心，不久前給重吉發了一封很長的信問他那件事兒到底怎麼打算，重吉回信的答覆和以往一樣說所有的事全權拜託。在這之前問他時，他回了張明信片說：「我還沒有開始吃喝嫖賭，放心。」妻子把那張明信片拿到我那兒，透著略帶生氣的語氣說：「重吉也太漫不經心了吧，說什麼還沒開始，是打算要開始嘛，放心什麼放心，這不是開玩笑嘛。」我也對重吉用的「還」這個字眼感到很反常，就對妻子輕描淡寫地說了句他本人不是當真的吧。

就如同妻子評價的那樣，就這麼著，好像風箏掛樹枝上在半空蕩著的狀態，被推著處在其中的我們將之作為自身的責任，結果很明顯，已經不能再置之不管了。所以決定遵從妻子的意見，藉這次旅行，回來順道去趟 H 市，把所謂的「那件事」處理清楚。

四

在火車上我有很多閒暇想像重吉的地方生活,可是一到目的地,立刻眼前的事就忙得不可開交,「那件事」根本想都沒想過。花了四五天的功夫總算告一段落,我又被火車搖晃著,滿腦子浮現著還沒見到的 H 市和在那個城市裏重吉借宿的旅店的畫面。我這好事之人所使的這點兒招兒,就像香煙的煙霧一般,還不十分清晰確定,只是有一種香煙煙霧似的淡淡喜悅。總之,不久火車就到了 H 市。

我馬上僱了輛車趕到重吉住的那家旅店門口。我對旅店的伙計說有一位叫佐野的人是在這住吧,伙計鞠了兩個躬回答說前不久是住在這兒的,可是這兩天已經搬走了。我心裏想著這事兒鬧的,一邊又問了問新搬去地址的情況,聽起來不是一個我能前去造訪並留宿一兩宿的地方,想來還不如住這方便,就讓伙計給我找間空房,伙計又鞠了一躬非常客氣地拒絕我說,真不好意思呢,招魂節客房都滿了。我舉著傘在門口站了一會兒。本來是應該通知重吉並打電報告訴他到 H 市的時間,但我考慮到現今做事最好儘量減少相互麻煩,簡單行事,就沒有事先通知搞了個突然襲擊。來這兒一看,才發現由於自己行事方式的草

率，結果報應到自己頭上了。

我根本不知道 H 市像樣的旅店有幾家，我只是從重吉的來信裏得知這家旅店是其中最好的。向旅店深處瞧了瞧，果不其然，迂迴的走廊，裏院的新建築，看起來挺大的而且很新。我問伙計能給想想辦法不，伙計臉露為難之色，想了一會兒說，有一個很寒磣的地方，對只宿一夜的客人實在有些過意不去，就是佐野先生前些時候住的那間房，要是不嫌棄的話。聽他的口氣，好像相當髒的一個地方。我開始有些猶豫，轉念一想，來到這地兒，也沒必要顧全體面，一兩晚的住什麼房間也不是什麼事兒，就讓他把我領去了重吉住過的那間房。

房間在第一道走廊向右拐，在遊廊下換上庭院木屐，走兩三步水泥地就到了，是一個與哪兒都不相連的獨立處所，天棚很低，房柱很細，帶點兒茶室的氛圍中有股陰濕的感覺。而且榻榻米和隔扇拉門都非常舊。和對面紫藤花架暗影處望見的突出一角的新建樓閣相比，其建築情趣真是截然不同，無法相比。我喝著茶環顧房間想著「原來他住這麼個地方啊」。過了一會兒，借了筆墨，給重吉寫了封信。只簡單地交代說有事兒去 K 市，順道兒來你這兒，速來。之後泡了個澡，出來就到吃飯時間了。我打算儘

可能和重吉一起吃個晚飯，所以就抽了幾根煙，一心期盼著他的到來。這期間對過兒的樓閣亮起了燈，傳來喧鬧的人聲。我終於等不住了自己獨自吃了飯。我喝了一兩杯啤酒，聽上菜的女招待說著招魂節每家旅店都人滿為患，街上舉辦各種活動，佐野今晚肯定也被叫到那兒去了。女侍者說佐野是個老實的好人。我問她有沒有女人喜歡重吉，對方笑了，又問他會行為不端嗎，對方低頭小聲說不會。

五

　　吃完晚飯，女招待撤下碗盤已經接近九點了。可是重吉還沒有露面。我獨自把坐墊拿到廊下的一端，靠著扶欄，透過潮濕的空氣眺望著對過兒宴會間通明的燈火，聽著喧鬧的笑聲，無聊地吸著煙。正在這時，剛才那女招待拉開拉門通告說總算來了，隨後重吉紅著臉進來了。我那時是頭一次看到重吉臉紅。可是無論從他落座後寒暄的樣子，還是說話量，抑揚頓挫的語氣，都和平時的他沒有兩樣。從他言語行動的任何一點上都看不出有借著酒勁行事的明顯跡象，所以我對他臉色的異常也就沒說什麼。過了一會兒，他叫了來換茶具的女招待的名字，讓給自己拿杯

水來，又望著我間接辯解道口渴得很。

「喝了不少吧？」

「過節之故，硬被灌了些。」

臉紅的原因就這麼簡單地敷衍過去了。之後的話題是怎麼展開的已經記不清了。只記得剛過了三十分鐘，我和重吉又開始了圍繞著所謂「那件事」的問答。

「你到底是怎麼個打算？」

「怎麼打算，當然是想娶了。」

「你必須說老實話。與其說些支吾搪塞的話拖延，還不如趁現在乾脆斷了方為上策。」

「到如今說分手，我可不幹，說真的，叔叔，我是很喜歡她的。」

也看不出重吉有什麼扯謊的樣子。

「那就麻麻利利地把事情辦了不好嗎？總這麼拖拖拉拉著，從旁人來看，覺得曖昧不清的。」

重吉小聲嘟囔著是嗎，停了一會兒又恢復原來的語氣說：

「可是，娶了難道帶到這麼個鄉下來嗎？」

我回答說應該不在乎鄉下啦之類的。重吉又反問那對方答應了嗎。我當時有些犯難。實際上我也並非是在這麼

細微處徵詢了女方家的意見後才來這談判的。可是話說到這份上也下不來台了，就用氣勢壓倒他說：

「要這麼說的話，那多半是會答應的了。」

於是重吉馬上改變了問題方向，辯解說就眼下的經濟狀況完全沒有建立一個溫暖家庭的物質條件，打算自己先獨自忍耐一下，並說根據最初的約定，等今年年底就會漲工資，應該能返回東京了。到時只要女方家同意，不管整個多小的房子都要迎娶小靜。如果事情不能按約定的進展，工資也沒漲，也回不了東京的話，到那時，只要對方沒有異議，就按我說的辦。又加了一句說無論如何拜託了。我覺得這還算說得過去。

「啊，你要是拿定主意了的話，這樣就好。你嬸嬸也會放心了。小靜那兒，事先跟她講好。」

「嗯。行。可是我的想法你們應該是知道的吧。」

「要是這樣的話，你就別那樣給我們回信啊。就那麼一句全權拜託了誰明白是怎麼回事啊。再有你那張明信片，寫的什麼我還沒開始吃喝嫖賭，放心。真弄不明白你是認真的還是開玩笑。」

「實在很抱歉。但是我完全是認真的。」重吉邊說著邊撓頭苦笑。

「那件事兒」就這麼結束了，之後有一搭沒一搭地聊了些山南海北的話，夜就深了。重吉勸我好不容易來一次多待兩三天，我謝絕了他的好意，決定還是第二天啟程。重吉說那明天還很辛苦，早早休息吧，跟我道了晚安之後就回去了。

<h1 style="text-align:center">六</h1>

第二天早上洗了個臉回到房間，架子上的梳妝台非常顯眼地重新安置到了拉門前。我隨意地坐在梳妝台前拿起鏡架下面的梳子。然後我準備找個東西擦一下那把梳子，就試著用力打開了梳妝台的抽屜，感覺桐木匣底部內側好像被什麼卡住了，很快阻力減輕，順暢地抽了出來，同時交叉承重木條間露出了一卷放著的撺巴了的信。我把信拽出來，立馬撕了五六寸長準備擦梳子，但我注意到展開的白紙上有女人的蠅頭小字細長文弱地寫著什麼。我不由得想讀上一兩行。但是，當我發現這細弱的文字竟然是一篇口語體的文章時，開始的一兩行就難以滿足我的好奇心了。我不知不覺間一口氣就讀完了剛才撕破的五六寸內容，然後就開始轉讀撕剩下的部分。在閱讀的過程中，我

不禁笑了。實際上這封信是某個女子寫給一個男人的情書。

　　因為是情書，所以一方面有非常陳舊的內容，另一方面又是一篇不拘形式信筆而成的口語體文章，所以不時地也冒出不少我認為相當新穎的語句。信中的錯別字和假名，而且由於感情的表露方式太過露骨陷入一種程式化，從這種意義來說反而看不出真誠。最讓人受不了的是毫不顧忌地引用了很多蹩腳的描寫男歡女愛的俗曲。綜合看來，給任何一個閱讀者的第一印象都是這封信出自一個藝妓之手。反正一個毫無關係的第三者偷閱別人的情書時不會沒有滑稽的興致，可是，寫情書的人是一個無須擔負節操道義的藝妓，而這種興致不用害怕被其他嚴肅的社會觀念干擾，所以閱讀一方會感到無比輕鬆。

　　由於這種原因，我帶著很大的興致，竊笑著讀了這封長長的信。讀的同時，我好奇被女人如此思慕的情男到底是何許人也，這種好奇心拽著我讀到最後一行，直到收信方的名字映入我眼簾。可是，當讀到那個毫無遺憾地滿足我好奇心的畫龍點睛般的名字時，我突然大吃一驚，收信人一處清清楚楚地寫著重吉的姓和名。

　　我一時呆呆的望向庭院。然後把手裏的信迅速疊起來揣進長衫的口袋裏，隨後對著鏡子分了頭髮。看看時鐘才

七點，我是乘坐十點幾分的火車。我拍了拍手叫來侍女吩咐馬上派車去接重吉，決定在這期間把飯吃了。

多少夾雜一些怪怪的感覺。然而總的來說「那個混蛋」的感情佔上風。再回頭看重吉那混蛋，換了住所也不通知一聲，讓人等了半天，一點兒沒有抱歉之色，總算來了，滿臉的酒色，一切都不對勁兒。可是一想到平常從什麼角度看都再普通不過的那個男人什麼時候收到女人的信還佯裝不知，就感到普通得不能再普通的那個日常的重吉和作為一個情男很玩得轉的特製的重吉之間的矛盾看上去特別滑稽，所以我自己也不知道要以哪種感覺來面對重吉。可是，同時我也意識到必須定下一個態度，以此作為基調來見他。我喝著飯後的茶，剔著牙，思索著重吉來了後怎麼處理為好。

七

他很快就乘著我從旅店派去接他的車趕來了。對於還沒想好以何種態度來應對他的我來說，他來得太快了些，這次出現得真夠迅速的。他只簡單地說了句，太早了吧，我本打算早上一起來就馬上趕來的，你就派車來接了，然

後就坐在那兒直視著我的臉。這時如果毫無芥蒂地從旁觀察我們倆的話，重吉一定比我看起來要單純得多。我一言不發的沉默著。他穿著白色布襪，角帶繫著的和服下露出和服內衣的灰色紡綢襯領。

「你今天很時髦嘛。」

「昨晚也是這一身啊。天晚沒看出來吧。」

我又沉默了。之後類似這樣的會話又進行了兩三個回合，期間總是出現一個奇妙的空洞，我感到這個空洞好像是我故意製造的。然而，重吉沒有這樣的芥蒂，所以，即使說話不多，其態度是坦然的。最後我一本正經兒地說道：

「其實昨晚也說了那麼多了，就是那件事兒。怎麼辦，不如乾脆毅然決然地斷了？」

重吉面露一絲難以理解的神色。但是，他還是以一貫的沉穩腔調反問為什麼。

「你說為什麼，你這種品行不端之徒是沒有資格做人家丈夫的。」

這回重吉沉默了。我又接著說：

「我都知道了。你幹的不正經事兒是無法掩蓋的事實。」

說出這話的我突然感到自己的言辭有些失常。但是，

104

重吉連苦笑一下都沒有地克制著自己，使我得以認真地說下去。

「你可真不夠男人。搪塞別人，一味考慮自己的得失，簡直就是欺詐。」

「可是，叔叔，我可沒染什麼病啊。」重吉插嘴辯解道。我又一次失態了。

「那種事誰能知道？」

「是真的。」

「總之幹不正經的事就已經違反了條件。你根本不能娶小靜。」

「這可如何是好？」

重吉一副困窘的表情，對我左央右求。我堅決要求解除婚約。最後，我說，那就這樣吧，直到迎娶女方之前，作為他反省和追悔的表現，如果能做到每個月從工資裏給我寄十日元當作辦婚事費用的一部分的話，這件事就私下了結。重吉說減到五日元，我沒同意，最終按照我的意見商定每月寄十日元。

不久時間到了，我立刻站起來換了衣服，然後讓車趕緊去車站。重吉當然也跟來了。但是，包和圍毯等所有手提行李都已經讓旅店的伙計收拾好搬到火車上了，所以

他就空著手站在月台上。我從車窗探身，得意地打量著重吉的紡綢衣領、角帶和白色布襪。很快到了發車時間，我故意瞅準車輪開始轉動的一瞬間，從口袋裏拿出今天早上讀過的信，說，喂，給你點兒禮物，邊儘量伸長手遞給了重吉。

重吉抓住信的時候，火車已經開起來了。我縮身車內，直到火車離開車站也沒有回頭看站台。

回到家，我也沒對妻子提信的事兒。旅行回來後的第一個月，收到重吉寄來的十日元時，妻子說不錯啊。第二個月收到十日元時，妻子又說真不錯啊。第三個月只寄來七日元，於是妻子說重吉也挺不容易的吧。在我看來，重吉對小靜的情誼在過去的三個月裏已經減少了三日元。至於將來的情誼當然還是個疑問。

（張蠡　譯）

致虛子君

昨日失敬了！如此連續觀戲於我這輩子恐是絕無僅有的稀罕事。把我從自己傳統、守舊、封閉的生活裏拉拽出來，享受愉快溫馨的交際時光，這全是託蘆子君之福。不僅如此，後來又說要帶我去看相撲比賽、去招魂社賞能劇，可真有你的！你該算好人還是歹人我都有些弄不清了。

　　我性格怪癖，每每到了聚會聯歡或其他娛樂場所，剛一坐定，不久便會產生一種荒涼感，明明前後左右的奢華美艷映入了腦際。自己以為或許是心理學上所謂的「條件反射」作用吧，似乎又不完全是。在那種場合看周圍人的臉、樣子，大家似乎都顯輕浮，男人、女人都非常得意。在這一張張輕浮、得意的神情樣態裏，不知從哪兒會冒出「自己就生活在這樣的社會人群之中」的奇怪想法，一下子會變得不安起來。於是便產生早早逃回自己洞穴的念頭。

　　至此還不算太糟，接下來更是離奇。當我意識到在別人眼裏我自己也一定是擺出同樣的輕浮、得意時，這會讓我頓覺羞愧難當。再接下來，又會替自己開脫。心想：自己的輕浮、得意只限這種場合，再挺一會兒就能回到平素的自我。然而，其他人呢，不管在家、在職場，這可能是他們的常態，一直會保持這副德性。這麼一想，便又自負起來。這麼一來，總覺得自己和那種場合不相宜，不該到

場。回到家裏，甚至會產生獨自靜坐一兩個鐘頭的想法。

　　而另一方面，我卻又確確實實萌生一種想要體味這彌漫在周圍空氣中、無以名狀的令人局促緊張、不知自我的奢華闊氣的刺激衝動，很是糾結！從這層意義來看，靚男美女們拋開天地神明，陶醉於良辰美景，以優越的都市新貴姿態隨心所欲、高談闊論的春風得意的確令人羨慕。羨慕歸羨慕，我絲毫沒有大踏步跨進這個人造世界的勇氣。從經年的生活習慣來看，我依然適合待在我久居的田園竹林之中，與竹林、書籍為伍，享受自己迥然不同的生活方式。這更符合我的性情。拋開官能的人工刺激，我以為這個窩更有意義。因此，我又很難融進周圍歡快的氛圍，無法沉浸其中。這又是一道難題。以這種半立半蹲的姿態去觀戲，箇中原因頗為複雜，五到七成原因恐怕要歸因於舞台上所演的劇目本身。我尋思那些劇目，應該完全不同於自己的個人生活圈子，而且也不會太過高大上的。這麼一說，似乎對演員和劇目的觀賞價值都有貶損之嫌，在此予以解釋。

　　前一陣帝國座 ❶ 的二宮君過來對我講：「來自明治座 ❷ 您

---

❶　帝國座：位於大阪的劇場名。

❷　明治座：位於東京的劇場名。

的感言文章我們讀過了。不知是因為我們反應遲鈍還是什麼，總之我們找不出如您所指責發難的那些問題！從戲劇行家的視覺來看，不管情節多麼牽強，抑或多麼精當，我們自始至終都被劇情完全吸引，是在忘情中看完的。」我回應說：「哦，看來也許是我這個門外漢的不對了。」接著我反問二宮君：「雖然我不懂戲劇，但小說比你知道的多。我讀小說，首先讀到的便是大致的情節即結構。很難忽視情節，認為只要局部場面有趣就行。因此，無論我付出多大努力讓自己變成戲劇通，想要和你擁有同樣的戲劇欣賞觀恐怕不大可能，你覺得呢？」── 我們的談話不歡而散。於我而言，戲劇的結構，譬如導致波瀾衝突的前因後果、此因果與彼因果的關聯關係等等依然是要首先關注的。可是，在此方面他們做的恰恰不怎麼到位啊，感覺有些劇本甚至就是在愚弄我的理智。《太功記》等就是典型。有些劇本平鋪直敘、太過平淡，名為《楠》什麼的那齣戲叫誰看都太過平板無奇。有些劇本為了刺激觀眾視覺，故意製作出殘酷的場面，《刀斬與三郎》── 也難怪，從劇名看就不同尋常。唉，打動人心的恐怕只有那殘酷血腥的場面了。

就像有人平生大多時間奉行只要當下愉快度過即可一

樣，他們也自然不把戲劇的結構放進眼裏，認為只要把一個個碎片性的局部把玩好即可 —— 就像二宮君那樣的主張。假設承認他們的理論成立，結果會怎樣呢？

那樣的戲也能看，只是戲眼偏離了劇情 —— 從內容的發掘淪落為以下三點：要麼關注局部內容的品鑑；要麼欣賞主角因劇情而演繹出的演技；要麼玩賞那些遠離劇情、與內容發掘毫不相干的邊緣角色的演技。似乎只能如此。

這樣一來，就算是戲迷，他們關注的重心也不在劇情發展。《阿富要跳海》的內容不堪入目，哪有心思關注演員的演技，十分令人反感。中村不折在我的鄰座，聽了他當時在藝術方面的評判，我著實感到意外。不過，我個人不喜歡之處戲迷們卻未必有相同反應，你說呢？

從妹妹手中接過刀，光秀一人退下 —— 這一內容安排沒什麼不妥。惟其如此，才有探討藝術表現力高下的餘地。這一幕你們認為精彩，我也有同感。不過，這裏的藝術正是服務於內容發掘的內在需要的。

說到和內容相對關係不大的演技，好像很玄妙啊。我弄不懂到底欣賞內容好還是品鑑表演藝術好。在戲劇第十段，當初菊給耳背的光吉還是什麼老爺示好時，鄰座觀戲間的一位老太太居然動情哭了出來，令人感動。那麼單純

的內容都能哭出來，多麼淳樸的民眾 —— 一想到這一幕我就深受感動。相比之下，我們文藝工作者太過世故老成，反而讓結果更糟。話雖這麼講，那段戲的確有味，非常有趣。遺憾的是，這裏的有趣其實和內容發掘、人情流露幾無關係。僅僅只是大家覺得那位叫初菊的姑娘的肢體、手臂柔軟如蛇，隨著三味線的音樂有韻律地在扭動……像老太太那樣因人性發現而哭泣者其實鳳毛麟角。對此，不知我的看法是否和各位戲劇通一致，求賜教。要麼贊成老太太，要麼同意我的膚淺庸俗便能說明問題。

哦，差點忘了，在局部藝術發掘方面完成質量上乘的要算《蝙蝠安》了。那齣戲好，的確完成不錯。那演員若非出身黑道又改邪歸正者，怎麼能演得那麼惟妙惟肖呢。表情也一副流氓地痞的樣態。這樣一個傢伙蓄上鬍鬚、穿上武家禮服搖身一變成為楠木正成的管家，真讓人叫絕。

接下來那齣完全和內容無關，或者可以稱為沒有內容的藝術。那種東西我也不是一竅不通。鷺娘不停地在舞，然後男性、中性、女性三類人粉墨登場吉原❶仲町，發揮施展各自特色的身體運動。據說運動技術屬那個男性最棒，

---

❶　吉原：江戶城內妓女聚集的地方。

不過我個人喜歡那個女的。她身材的確很美，而且服飾色彩也不錯。

色彩帶給我的影響不可謂不大。《太功記》的色彩極不協調，非常可笑，加藤清正居然穿著帶金扣的襯衣。光秀出身於普通人家的聯排房之下，在那樣的屋檐下卻藏著身著華麗服飾的新娘，令人扼腕。另外，光秀為何要像百姓那樣去加工製造竹槍呢，情節安排令人費解。

木更津汐干之場的色彩亂七八糟，看一眼就讓人煩。皇族‧貴族大街上有油漆匠的長匾存在 —— 你們自己看看。

楠木家族的色彩甚好，首先很協調，正成之妻品味高雅、聖潔，其妾的色彩、其他出場人物的色彩都不錯。

以上就我個人喜好、厭惡按劇目類屬做了歸納羅列，算是把我看戲時三心二意、左右為難的心理進行了系統說明。想說的遠不止這些，留待他日見面後再聊。中村不折沒看男性、中性、女性那一節就回家了。我想或許因為他喜歡大男人風格的場面之故吧。代問凡鳥君好！

（孟簡　譯）

處女作追懷談

我的處女作 —— 說起來當數《我是貓》吧，倒也不至於到達「追懷」的程度。只是不知不覺就寫出那樣的內容 —— 應該說那個時期的我，剛好抵達那樣的狀態。

　　話說回來，原本自己也沒有什麼非做不可的事。當然，活著總得做些什麼，要做，就要體現自我存在的價值，起碼讓外界了解這裏有這麼個人存在 —— 和其他人一樣，我也抱有這樣的觀念。然而，在文學創作方面發揮自己這件事，真正著手寫作之前卻不曾刻意想過。

　　話說到這裏，當初的經歷再次浮現在眼前。那是剛從大學畢業沒多久的事。有天被外山正一先生叫去，詢問我有無嘗試做老師的意願。之前也從沒考慮過想做或者不想做的問題，突然被這麼一問，好像也並非完全不感興趣，便回答說先試試看吧。於是，他把我帶到了嘉納先生那裏。嘉納是高等師範學校的校長，在他那裏，開始聽他講一些很宏大的事情，教育事業怎麼樣啦，教育工作者一定要怎麼樣啦，其格調之高我等費心費力也未必企及。現如今的我也不過話聽三分事攻一半，只是那個時候過於守本分的自己還做不到這樣，遂拒絕說我做不了。沒想到嘉納先生卻因此誇讚了我，說因為我的拒絕讓他越發覺得值得信任，總而言之，先盡力去做。他這麼一說，加上我本身

的性格，也不好再徹底拒絕，就這樣，開始進入高等師範學校工作了。這便是我人生的起點。

這裏話得返回數年前，在我十五六歲的時候，也曾看過漢籍、小說，感覺文學頗有意思，一度想在這方面做些嘗試，便對現已過世的兄長提起我的想法，不曾想兄長卻說文學不能成為職業，只是業餘愛好而已等等，反倒為此訓斥了我。只是考慮再三，還是想從事自己感興趣的職業，同時，這份工作還必須於社會而言不可或缺的才好。為什麼呢？要說緣由，苦惱源於自己的怪異。那時，並不是很懂「怪物」一詞的含義，但自以「怪物」自居以來，凡事都無法合著社會的節拍來。無須改變自我，還能樂在其中，同時還是社會所必需的工作應該也是存在的 ——那時，我腦海中浮起的是佐佐木博士的養父，至今仍在駿河台擁有醫院，名叫佐佐木東洋。世人皆知他古怪，但社會上卻需要他那樣的人，而且，面對凡世他不失本心卻依然可以行事自如。還有一位叫做井上達也的眼科醫生也在駿河台，和東洋先生一樣，是個怪人，同時卻也被社會需要。於是，希望自己能如他們一般了不起。可是，我討厭做醫生。總覺得醫生之外一定有令人滿意的工作。就這樣，有一天突然想到建築這個行業。建築的話，屬「衣食

住」之一，不僅社會上任何人都離不開，同時，還是門宏偉的藝術。自身感興趣的同時也被社會所需要，於是，至此終於做了決定。

剛好那個時候高等學校的同級生裏有個叫做米山保三郎的朋友。此人真真實實屬「怪物」之列，時常將宇宙、人生掛在嘴邊，總說些很「大」的事情。有天，此男來找我，一如既往聽他講了一堆哲學家的名字，末了問我想要做什麼，我如實跟他說了自己的想法，卻被他當場否定。他說在日本你即便是有再大的本事，也不可能為天下後世留下如聖保羅大教堂這樣的建築等等這的那的，口若懸河地向我講述了一番道理，還說到比起建築，文學倒更有生命力。原本，相比而言我的想法出發點更為實際，畢竟是從「吃」出發的。米山的話雖然聽來似乎有些不著邊際，其內容之大也是真的，似乎衣食問題全然未納入眼裏，這一點我倒是很欽佩。然而被他這麼一說，自己也覺得好像確實這麼回事，當晚又撤銷了原本的念頭，決定成為一名文學工作者。著實沒有定力啊。

可又不想做漢文或國文方面的工作，最終決定以英文專業為志願。

然而，那個時候目標可謂萬分茫然，只是抱著通曉英

語、英國文學，並用英語寫出令西洋人驚嘆的出色的文學作品這樣的願望而已。但是進入大學三年過後，似乎離初衷越來越遠，以至在畢業時甚至懷疑起 ── 這樣也可成為學士啊。即便如此，由於成績還算不錯，卻也意外得到了人們的信賴。面對外界，還有點自得；而一旦面對自我，卻內心不安。在持續這樣的狀態中，不知不覺內心的不安感凝固了，停止了思想的掙扎。說得嚴重點，就是自甘墮落了。另一面，對待外界卻格外地不可一世，讓我想到了高山林公等。

期間，曾有人問我出去留學怎麼樣，我說應該有比我這樣更適合去的吧，還是讓那些人去好了。對方說，先不要這麼說，出去看看也未嘗不可。既然這樣，那就去看看。然而，留學途中，漸漸變得不喜歡文學。讀帶有西洋詩等的作品，毫無感覺。若強求去「享受」其中，總感覺是讓人空生出根本不存在的翅膀硬生生地去飛，或者說明明沒錢卻掛著有錢人的嘴臉行走在路上一般。剛好這個時候，池田菊苗君從德國過來，住在我的寄宿房間。池田君是個化學家，言語交流中發現他竟還是個哲學家。討論間我們思想激烈碰撞，當時爭論的情景至今仍記憶猶新。在倫敦遇見池田君，對我來說是一份莫大的收穫。此後，我

放棄了空洞的文學，開始考慮做一些更有體系更加實用的研究。我著手向這個方向努力，準備回國後在國內完成整個計劃。剛從歐洲回到日本，有人問我是否願意在大學教書，於是，又進入了大學。（由於這對我剛剛提到的研究沒有什麼幫助，一開始還是拒絕了。）

話說回來，我和正岡子規君一直以來都是朋友，在倫敦的時候，把自己在別家寄宿各種為難的情況寫信發給他，之後他便將此登載到了《杜鵑》上。和《杜鵑》其實一早就有了緣分，只是這個算是直接原因，在我回國時（當時子規已過世），編輯虛子曾委託我寫點什麼，於是就開始書寫《我是貓》。然而，虛子讀了之後，說這樣不行。詢問理由說了很多，現在已經全忘了，但當時覺得確實這麼回事，又開始重新書寫。

這一次虛子非常讚賞並將它登載到《杜鵑》上，原本打算只此一回便收筆，虛子說很有意思請繼續往下寫，於是，不知不覺就寫了這麼長。就像這樣，只是偶然寫到這個程度，並未曾想過對當時的文壇要發出一些怎樣的聲音。只是因為想寫就寫了，想做就做了，換句話說，就是那個時間剛好抵達那樣的狀態。最開始動筆的時候，和最終完成的時候想法差異頗大。文風等也不願模擬他人，就

嘗試了這樣的風格，僅僅如此。

　　不管怎樣，就這樣一路走來直到今天。綜合考慮上述的一切，我對於任何事情都不積極，這麼一想連自己也覺得很驚訝。進入文科學習是由於朋友的推薦，成為教師是聽從別人的建議，去留學、回國進入大學就職、進入《朝日新聞》、寫小說 —— 全部都是這樣。因此，像我這樣的，從另一方面來說，是諸多他人「創造」產生的。

　　　　　　　　　　　　　　（梁維　曹珺紅　譯）

我的個人主義

——大正三年（1914）十一月二十五日學習院輔仁會演講

這是我第一次來學習院大學。從前只知道學習院大學大概在這個方向，雖然位置與我想的一致，但貴校的具體地址我並不十分清楚。今天應該算是初次造訪。

正如方才岡田先生介紹的那樣，早在今年春天貴校就邀請我來做演講，因那時有其他事情無法抽身 —— 具體事由岡田先生也許比我更了解，方才他已盡力向大家說明了原委，希望能得到諸位的諒解。上一次的演講也終未如期進行，對此我向大家深表歉意。在下深知僅僅道歉亦是不夠的，我希望能把今次到貴校演講之事作為補償。

此前，為謹慎起見我向岡田先生詢問了演講的具體時間，他回信說今年十月。我心裏默默細數，從開春到十月時間充裕，準備演講一定沒有問題，於是滿口答應了十月演講的安排。偏偏事不湊巧，九月我病倒了整整一個月。我的病雖不用完全臥床靜養，但因久病身體虛弱，連走路都是步履蹣跚，上台演講當然是不太可能了。不知不覺便到了約定的日子，我心中一直掛念與諸位的約定，因此每天都擔心有人來詢問演講的事情。

又過了些日子，我終於恢復了元氣，慢慢好了起來。直到十月末，我一直未收到任何要求我來演講的通知。雖然我沒有告知貴校自己生病的事，但有兩三家報紙做了相

關報道，因此我一直暗暗揣測 —— 興許大家得知在下有病在身，已找別人做過演講 —— 藉以安慰自己。不想某日岡田先生忽然到訪，我記得那天他是穿著長雨靴來的（許是因為那天下雨）。岡田這樣一身裝束，冒雨來到早稻田大學的校園深處見我，只為轉達：「之前說好的演講已延遲到十一月末，還請按時赴約。」原以為自己已經躲過了此次演講，聽到這個消息不免感到有些意外。不過好在還有一個月的時間，在這期間我一定能準備好演講內容。於是，我又一次滿口答應了下來。

從今年春天到十月，再從十月末到十一月二十五日，這期間本應有足夠的時間去整理系統的演講內容，但因自己身體總是不好，一考慮演講的事情就覺得煩悶不已，因此心裏便起了偷懶的念頭，安慰自己到了十一月二十五日演講當天應該會有辦法的。就這樣，時間被我稀裏糊塗地耽擱了，終於拖到了演講前的兩三天。雖然知道必須得做些什麼，但是一想這些就不免心生煩惱，於是我開始畫起了畫兒。說起畫畫兒，或許大家會認為我能畫出什麼了不起的大作，其實我就是畫些無趣的東西，然後將這些幼稚笨拙的畫兒貼在牆上，兩三天一直呆呆地盯著那些畫兒發呆。昨天竟有人跑來，大讚我的畫作，說是畫得非常有

趣 —— 不對，他當時不是說有趣，記得他說的是看得出你畫這幅畫兒時心情不錯。聽到這裏我急忙向那位男士解釋，這畫兒並不是我心情好時畫的，相反是心情極其糟糕時畫的。在這世上，當我們遇到令人無法按捺的愉悅場景時，有些人就會將這些畫成畫兒、寫成書，抑或是寫成文章。與之相對，也有人正因為難過，為了想方設法讓心情變好，才拿起畫筆去畫畫兒或是寫文章。這兩種人的動機雖不同，但兩種完全相對的心理狀態，表現在結果上卻是如此的一致，這讓人不可思議。上面這些話與此次演講內容無關，只是話說到那裏順便解釋了一下，不再深談了。總之，演講前的日子我就這樣整日凝望著那些無聊的畫兒，絲毫沒能構思出演講的內容，時間就這樣一天天的過去了。

終於到了二十五日，無論我是否願意都必須站在這裏為大家演講了。於是今早我才大致整理了思緒，因此準備得不夠充分，恐是不能滿足大家，還請多多包涵。

雖不知貴校的輔仁會是從何時興起發展至今，但該組織時常請人來做演講這一慣例，在下認為沒有絲毫不妥之處。從另一方面來看，無論從哪裏拉來什麼樣的人做多少次講座，要聽到諸位所期待的有趣內容，並不是件容易的

事。依在下看來，大家只是非常珍視那些來演講的人罷了。

　　說到這裏，突然想起從單口相聲演員那裏聽到的一則極具諷刺意味的故事。從前，有兩位大名在目黑附近狩獵，四處尋獵之後飢餓難耐。偏巧他們隨身沒帶什麼吃的，隨行的僕人又沒跟上。腹中空空作響卻沒有得以充飢的食物，二人只得跑到附近村子裏討食。他們來到一戶住著的一對老夫婦的尋常百姓家，老兩口看這二人著實可憐，就把自己吃剩的秋刀魚和麥飯熱給他們吃。二人以秋刀魚做菜就著熱乎乎的麥飯飽餐一頓之後便告辭離開了。第二天，這兩位大名腦海裏仍縈繞著昨日秋刀魚的香氣，好似撲鼻而來讓人無法忘懷。於是，其中一位大名邀請另一位大名，請他到自家品嘗秋刀魚飯。大名家的僕人們接到製作秋刀魚的旨意，各個驚訝不已，不知如何是好，因為秋刀魚是普通百姓家裏日常的食材，怎麼能用來招待大名家的客人呢？可又不敢違背主人的命令，僕人們只得吩咐廚師剔除魚身上的每根軟刺，再用甜料酒醃製，之後將魚肉焙烤得外焦內嫩。當僕人端著自認為用心烹煮的美味來到兩位大名面前時，兩位大名絲毫沒有當初的飢餓的感覺，再加上這過於細緻的烹飪方法，早已讓秋刀魚失去了它原有的風味。二人只是拿筷子碰了碰那魚肉就不想再吃

了。就這樣，便得出了所謂秋刀魚只有目黑的最好吃這樣奇怪的定論。故事就此結束。在我看來，諸位在學習院這樣出色的大學學習，接觸的也都是些非常優秀的老師，卻為了聽像在下這樣的人做演講，從春天等到秋末。我想這就好比那些大名吃膩了山珍海味，偶爾也會想要品嘗一下目黑的秋刀魚一樣吧。

有位叫做大森的教授幾乎與我同年進入大學教書，他曾經跟我訴說，自己因學生不認真聽課而非常苦惱，總覺得學生不夠努力，總覺得學生哪裏不太配合。依稀記得他說的是某所私立學校的學生，並非貴校。那時我對大森教授說了很是失禮的話。現在再次提起此事我仍舊感到很是羞愧。記得當時我對大森教授說：「恐怕全世界都找不到能認真聽您講課的學生吧。」可能當時大森君並沒有完全理解我的意思，總之為了防止誤會，利用今天這個機會，我想向他鄭重致歉。我們的學生時代和在座的諸位年歲相仿，或者比諸位稍大一些。與大家相比那時的我們很是懶惰，可以說沒怎麼認真聽過老師的講課。當然這主要是說我和我周圍的人，並不適用於大多數學生。如今回首我的學生時代，依稀記得老師也曾抱怨我們不認真聽課。實際上表面看起來溫順聽話的我，絕不是能夠認真傾聽老師講

課的學生，我始終是個懶惰貪玩的傢伙。懷揣這樣的記憶再看如今認真的學生們，我是無論如何也沒有勇氣像大森那樣訓斥他們的。正是因此，才會一不小心對大森說了那樣蠻不講理、對不住他的話。今天雖不是為了向大森道歉才站在這裏，但正好當著大家的面向他賠罪了。

不知不覺話又繞遠了，讓我們重返今天的話題，按照條理如下說來：

在座的各位，考進這麼出色的學校，有非常優秀的教師專門指導，且每天都能聽到各位教授獨具特色的講座或是授課。可大家卻特意找來像我這樣的傢伙，要聽我的演講。這不正如先前故事裏那兩位品味目黑秋刀魚的大名？在我看來，歸根結底還是因為新鮮，所以才想要淺嘗一口。實際上，與我這樣的傢伙相比，諸位每天都要面對的那些專職教授，更能為大家傳授有益的知識，所講的內容也一定比我的有趣。以在下為例，假設我是貴校的教授，要與大家每日相見，對大家而言就沒有了新鮮的刺激感。如果是那樣的話，恐怕沒有這麼多人在這裏聆聽我的演講了吧。無論是熱情也好，好奇心也好，想必也都不會有了吧。

若要問我為何做這樣的假設，那是因為我曾經真的想

要成為學習院大學的教師。雖不是我主動與貴校聯繫，但得到了一位在貴校工作的朋友推薦。那時的我即將大學畢業，是個連如何謀求生存之道都尚不知曉的傢伙，絲毫不諳世事。但我們終要步入社會，終日無所事事只是等待，將會連房租都付不起。姑且不說能否成為教育家了，為了找個容身之處，我便按朋友所說，開始以進入貴校為目標努力起來。那時我有一個勁敵，但朋友總說，我來貴校教書的事應該沒什麼問題。我單純的以為已經得到了任命，開始向人打聽教師的著裝。當聽說男老師只能穿晨禮服 ❶ 才可進入教室，便在事情還沒有最終確定之前，開始訂做禮服了。那時的我甚至連學習院這所學校在哪都不是很清楚，這真是非常的可笑。禮服終於做好了，孰料我指靠的學習院大學最終卻沒能錄用我。後來聽說是另一位男老師填補了貴校英語教師的空缺，那位老師是從美國留學回來的，如今我早已不記得他的名字了，也沒有因此事感到多麼遺憾。如果當時錄用的不是那位留美教師，是我碰巧成了學習院的老師，並且一直工作至今，也許就不會受到大家如此盛情的款待，更沒有機會像現在這樣高高在上的同

❶　晨禮服：一種黑色上衣搭配不同顏色條紋褲的燕尾服。

大家講話了。諸位之所以能從今年春天等到十一月末，等著我來演講，不正是因為我落選了學習院的教師，才受到如同那目黑的秋刀魚一樣的珍視嗎？

接下來，想向大家講講落選學習院教師之後的我。這不僅僅是順著話題繼續往下講的緣故，主要是因為我認為這和今天演講有關聯。

當時我雖沒能應聘上學習院大學的工作，但為了這份工作訂製的禮服我卻是穿上了。除此之外我當時也沒有其他可穿的正式著裝。那時與現在不同，就業環境很是寬鬆，也許是當時人才比較匱乏之故吧，無論哪個方面都能找到相應的工作。就連我這樣的傢伙，竟然也同時收到高級中學和高等師範兩家學校的邀請。由於我一邊模稜兩可地向為我介紹工作的前輩承諾可能會去高級中學，一邊又與高等師範學校保持著聯繫，終於事態發展到難以收場的地步。我因為年輕不經事，又不夠圓滑，終使自己陷入困境，左右為難。一方面身為高級中學資深教授的前輩將我叫到身邊，要求我去他那裏工作；一方面另一所學校也找我商量工作的事情。夾在中間的我不知如何自處，遭到了譴責。年輕氣盛的我衝動之下索性決定雙方都拒絕了，並著手準備相應手續。不想某日我接到一通邀請我去面會的

信函，那是時任高級中學校長、如今擔任京都理科大學校長的久原先生發來的。我匆忙趕到時看到在座的還有高等師範學校校長嘉納治五郎先生以及引薦我的前輩。商談之後久原先生對我說：「不必和我們客氣，您還是去高等師範學校吧，那樣也許更適合你。」事情發展至此，心裏雖然有些不情願，但已無法拒絕，不得已我應承了下來。現在回想起來，能去高等師範學校真是難得的機會，可當時的我還不以為然。與嘉納校長初次見面時，他便要求我身為教育者成為學生的楷模，我立即便覺得自己無法勝任這樣的工作，因此躊躇不定。嘉納校長是個能言善道之人，如果我直接拒絕，他定會以「您這麼謙虛，令我們越發想讓您這樣的人才到我們學校工作了」等話語來挽留。就這樣，雖然我絲毫沒有想要兼任兩所學校的貪欲，但涉世未深的我還是在給周圍的人添了不少麻煩之後，決定去了高等師範學校。

從一開始我就發現自己缺少一種成為偉大教育工作者的資質。在日常教學中我終日戰戰兢兢，無所適從。嘉納校長甚至勸解我，不要過於老實否則會受困其中，應當強勢一些。可我無論如何都覺得自己不是那塊料。毫不誇張地坦誠地說，當時我甚至覺得自己就如同在點心舖幫忙的

魚店小伙計一般可笑。

　　一年後，我選擇去了鄉下的中學任教。那是一所位於愛媛縣松山市的初級中學。諸位聽到我說松山的初級中學就笑了，大家應該都看過我寫的《哥兒》一書吧。曾經總有人跑來問我，書中那個外號「紅 T 恤」的人究竟是誰？究竟是在說誰的事呢？當時在那所中學能稱得上文學士的只有我一人，如果《哥兒》裏的人物需要與現實一一對應的話，那麼「紅 T 恤」正是在下我了。於我而言能成為書裏所寫的「紅 T 恤」還真是不勝榮幸。

　　在松山我也只是待了一年而已。離開時知事也來挽留我，但因早已談好了新東家，最終還是拒絕了知事的挽留離開了松山。就這樣我來到熊本的一所高級中學任教，並決心在這裏安定下來。依照以上順序，我便有了從初中到高中、從高中到大學的任教經歷，僅是沒有嘗試在小學和女子學校教過書。

　　我在熊本工作了很長一段時間。不記得是在來熊本的第幾年，我突然接到文部省的內部信函，問我是否願意去英國留學。起初我本打算拒絕這份邀請，只因我認為像自己這樣沒有任何抱負的傢伙，即使去了國外，也不會對國家有多大的幫助。然而，為我傳達文部省密旨的副校長卻

認為，是否有用是對方該考慮的事情，我沒有必要自我評價，無論怎樣我都應當一試。就這樣我沒有任何反抗的理由，只得奉命去了英國，但結果如我所料終是一事無成。

為了說明這點，必須向大家介紹那之前的我。如此介紹也正是我們今天演講的一部分，所以懇請大家耐心傾聽。大學階段我的專業是英國文學。興許有人會問，英國文學究竟是什麼？這個問題，就連專門研究英國文學三年之久的我也無從解答。記得那時有位叫傑克森的老師，我在那位老師那裏讀過詩、念過文章、寫過作文，常因句子裏少了冠詞、發音不準確等問題遭到老師的訓斥。那時的考試，總考一些諸如：華茲華斯（William Wordsworth）是何年出生何年去世，莎士比亞（William Shakespeare）的對開本小說共多少卷，或是讓我們按照年代順序排列司各特（Walter Scott）的作品。諸位年輕的朋友們，你們應當能夠判斷這究竟是不是真正的英國文學吧。先不說英國文學，就連文學為何物都無從知曉。那麼憑自己的力量能否窮其究竟呢？這個問題的答案，就好比盲人從籬笆牆的縫隙看東西那樣，到圖書館再怎麼徘徊都無法找到線索。這不僅僅是因為我們能力有限，缺乏與之相關的書籍也是原因之一。總之通過三年的學習，我最終也沒能明白究竟

什麼才是文學，這可以說是讓我苦惱的首要原因。

　　我就這樣迷迷糊糊地步入社會成為了一名教師，不對，應該說被大家生拉硬拽地當上了教師。幸好我所教授的是外語，即使拙劣也勉強能夠應付。日子就這樣一天天平安無事的度過，但在我的內心深處常常感到無比空虛。空虛之外還有些說不清道不明的東西，這些東西緊緊地包圍著我，讓人無法忍受。原本我對教師這個職業一點興趣也沒有，一開始就知道自己欠缺教育者應有的特質，發展到最後竟然在教室教英語這件事也令我沉重不已。也許空虛會令人痛下決心吧，我蓄勢待發尋找機會，準備投身於自己本該從事的行業。不過到底什麼是我本該從事的行業呢？我該奔向何方呢？我不知該投身何處。

　　既然來到這世上就必須得做些什麼，我雖然這麼想，可不知自己究竟要做什麼才好，絲毫沒有頭緒。我就好像一個被濃霧籠罩著的人，孤獨地呆立在那裏動彈不得。我知道與其祈求一縷陽光射進，倒不如自己有一盞探照燈，哪怕是一道微弱的光線，希望能通過它辨明方向。然而非常不幸，我無論望向哪裏都是一樣的混沌、一樣的模糊不清，我覺得自己就像一個被塞進袋子裏無法出來的人。哪怕手裏只有一根縫衣針，我都想要試圖扎破某個地方找到

突破口，藉以去除這惱人的焦躁。只可惜我既不能指望能從別人手裏得到這根針，自己又無處尋找。我只能在心底裏默默地思尋未來，無以名狀地終日鬱鬱寡歡地活著。

我就是這樣懷揣不安地念完了大學；又帶著這種不安從松山輾轉至熊本；甚至將這份不安埋藏在心底，遠赴重洋到了英國。在國外留學的經歷，或多或少令我意識到一些新的責任。因此，我想盡可能地努力去做些什麼。但，無論讀什麼樣的書，依然無法使我從牢籠中解放出來。我走遍整個倫敦想要找到那支幫助我破繭的縫衣針，可是仍舊一無所獲。獨自一人在寄宿的房間裏苦思冥想，突然覺得到現在為止自己所做的一切沒有任何意義。無論讀多少書，都無濟於事。我甚至開始質疑自己讀書的意義究竟何在。

直到這時我才得以頓悟。「文學究竟是何物」這一概念只能依靠我們自己的力量來建構，也只有這樣才能使我們得到救贖。之前我們完全是他人本位，好像無根的浮萍漫無目的地四處飄浮。時至今日才總算明白這樣是萬萬不行的。這裏所說的他人本位，就好比拿自己的酒讓別人去品鑑，之後將別人對酒的品評作為唯一標準而不管這評價是否正確。這也就是所謂的模仿。聽起來這很愚蠢，可能人

們會質疑到底有沒有人會這樣行事。然而，千真萬確，事實的確如此。最近路易柏格森呀歐肯之類的人成為了熱點話題，這只是因為在外國人們正在談論他們，日本人便跟在後面鸚鵡學舌般地湊起了熱鬧。只要是西洋人談論的，無論是什麼都會有人盲目跟風，並以此為傲。滿嘴是洋文單詞配湊的詞句、四處吹噓並洋洋自得的人比比皆是。這並不是在說別人的壞話，實際上我自己現在也是如此。一個日本人讀了某位洋人對另一位洋人作品的評論，不管這個評論是否正確，也不問自己是否有同感，就開始四處隨意宣傳。把這說成是囫圇吞棗也行，也可以說是機械地套用知識。我們把別人的東西拿來，在根本沒有消化理解的情況下當成自己的思想四處宣講。然而，世風如此，我們還往往對此大加讚賞。

然而，無論受到怎樣的讚賞，因為拿的是別人的東西，內心總是不安的。畢竟讓自己得意的羽毛是從孔雀那裏借來黏在身上的。因此，我開始意識到，如果不捨棄浮華回歸真實的話，無論何時內心深處都無法安住。

無論西洋人稱讚一首詩歌有多麼了不起，或是多麼地押韻上口，那都是他們的見解。並非我們不能借鑑，只是倘若我們不那麼認為，就不應當模仿他人的語氣去評價。

身為一名有獨立人格的日本人，絕不是英國的奴隸，這是我們作為國民的一員必須具備的見地。即便是從尊重世界共通這一事實道義來講，我們也不能曲解自己的觀點。

可是，我也做不到這一點。我是學英國文學的，每當英國評論家的觀點與我相左時，通常我都會膽怯地退到一邊。為此，我開始意識到我們首先必須探究產生差異的根源所在。追溯風俗、人情、習慣以及國民性格，這些都是差異產生的原因。普通的學者往往將文學和科學混為一談，誤以為甲國國民喜歡的東西一定會得到乙國國民的讚賞，誤認為這是必然的。然而，我們可以肯定地說這是錯誤的。即便我們無力消除這種差異，至少我們應當向人們說明差異所在。如果能闡明差異，僅這一點就足以為日本文壇帶來一線光明 —— 留學期間我初次意識到了這個問題。雖然覺悟遲緩，令在下慚愧至極，但事實如此，請恕在下直言不諱。

自此為了確立自己在文學上的立場，更準確地說應該是重建吧，我開始閱讀文學以外的書籍，終於悟出了「自我中心」這個四字概念，並且為了例證這一概念，我開始專注於科學性研究、哲學性思考。如今時代發展已不同以往，但凡稍有頭腦的人都能對這一事實有所領悟。可那時

的我幼稚至極，加之社會也還沒有那麼的進步，所以我當時的做法實際上也是無可奈何之舉。

自從攫住了「自我中心」這個信條，我開始變得強大。居然有了「他們根本不算什麼」的氣概。幫助我從茫然若失的困境中掙脫出來，並指導我今後前進方向的正是「自我中心」這四個字。

坦白講，正是因為這四個字我才得以重新出發。像之前那樣跟在別人後面一味模仿、虛張聲勢的做法是無法令人安心的。堂堂正正地將「別去模仿西洋人」的理由擺到他們面前，只有這樣才能於人歡喜於己快樂。於是，我決心要憑藉著書或其他手段達成這一目標，並以此作為我畢生的事業。

就這樣我的不安完全消失了，我終於能用愉悅的心情眺望陰鬱的倫敦，終於擺脫了困擾我多年的煩惱，那感覺這就好比用自己雙手發掘了寶藏一樣。用之前的比方來講，那段深陷濃霧無法解脫的記憶已成為過去，如今已經明確了應當前進的道路，只要向著這個特定的方向前進即可。

有這樣的覺悟是在留學一年多之後了，那時我開始意識到身處異國是無法完成我的事業的，我決心儘可能多點

收集資料，回國之後轟轟烈烈地幹一番。雖說是偶然因素所致，但可以說和出國時相比，回國時的我幹勁更足。

然而，剛一回國我就不得不陷入為衣食四處奔忙的境地。為了謀生，我整日奔波在高中與大學之間，甚至還在一家私立學校兼職代課。加之患上了嚴重的神經衰弱，最後我甚至淪落到要靠在雜誌上發表毫無意義的文章度日的窘境。由於諸如此類的原因，我精心策劃的事業只得半途而廢。那些寫好的文學論著與其說是我理想的紀念，倒不如說更像是失敗的遺骸，而且還是個畸形的遺骸。打比方說更像是還未建成就因地震而倒塌的街道廢墟。

但「自我中心」這個信念依然存在，並且隨著時間的流逝，越發強大起來。著作性的事業雖以失敗告終，但「以自己為主，他人為輔」的信條確實為當下的我增添了莫大的自信與安心。我甚至覺得正是為了繼續那份事業，自己才能生存至今。實際上，我之所以能站在如此高大的講台上，向諸位演講，也許正是因為那信念的支撐吧。

以上與諸位大致分享的，僅是我個人的一些經歷，未必都能對大家有什麼幫助，但如果能有些許參考價值我就很欣慰了。大家終將是要離開校園步入社會的，在座的諸位裏有些是距離畢業甚遠的同學，也有不久將步入社會的

同學。但是無論是誰，應該時常能體會到我所經歷的煩惱吧（即使類型不一樣）。有人會像我一樣想要衝出壁壘，卻無法突破；也有人想要找尋依靠，卻只是抓住了救命稻草，完全不靠譜而焦躁不安。當然我說的不包括已憑藉自己力量開拓了前進道路的人，以及那些滿足於追隨他人想要循規蹈矩過日子的人。這樣也沒什麼不好的（只要自己能讓自己安心、能充滿自信地生活下去也無妨），但如若你不是這樣想的，那一定得憑藉自己的力量開闢出一片屬於自己的天空。之所以說是必須，那是因為若不如此，人生一定不會快樂，你只能行屍走肉般終日無所事事的活著。這便是我為何要拚盡全力向大家說明此事的原因，絕非有一絲想讓大家以我為楷模的念頭。像我這樣微不足道的人都能意識到要去尋找自己前進的道路，哪怕這條路在諸位看來毫無意義也無所謂，哪怕受到大家批評或冷眼側視，也絲毫動搖不了我的決心。我覺得我很滿足。在此我再次重申，我自身從未想過因為有了這份自信與安心就可以成為諸位的榜樣，可以要求諸位與我走同樣的道路。還請大家千萬不要誤解。

　　這些姑且不談，在下認為，像我經歷過的這些煩惱，在座各位一定時常能夠體會到，大家覺得呢？假設是這樣

的話，那麼開鑿出屬於自己的礦山，難道不是做學問的人、受教育的人畢生或十幾二十年都應當遵循的事業嗎？「啊！這裏才是我應當前進的道路！終於鑿中了！」能夠從心底裏喊出這樣的感嘆時，大家才能感到心裏的踏實。此時堅不可摧的自信，與那勝利的吶喊將會一起湧上心頭。也許已經有人到達了這樣的頂峰，也許有人還在途中因霧靄而煩惱。無論付出怎樣的代價，都一定要堅持到我們想要前往的終點。這並不僅僅是為了國家，也是為了我們的家人。我認為這是我們自身幸福不可或缺的一部分。如若大家走了與我同樣的道路那就別無他法，無論在這條道路上遇到什麼樣的困難，都必須要把困難踩在腳下繼續前行 —— 說是要繼續前行，其實我們並不清楚前進的方向，除了毫無畏懼的勇往直前，已經沒有其他更好的方法。這樣說我完全沒有要將這些忠告強加於大家的意思，只是一想到這也許關乎大家未來的幸福，便無法按捺自己。倘若內心深處總是猶豫不決、左右搖擺、終日渾渾噩噩地活著，那麼自己一定會痛苦到無法釋懷，正是因為想到這些我才會忍不住去說。當然，有人說自己不覺痛苦，有人說已經逾越了這種痛苦，無論你是其中哪一種人我都深深地祝福你能夠找到真正的幸福。如今的我踏出校門已有三十

多年，依舊未能逾越這種痛苦。那痛楚雖是隱隱存在，卻從未間斷過。因此如果得了和我一樣的病，如果您就在這當中，我衷心地希望您能勇敢地前進。如果真能到達我們所期盼的終點，你會發現這才是能夠安住的地方，只有這樣才能讓我們擁有畢生的踏實與自信。

以上是我今天演講的第一部分，接下來和大家分享今天演講的第二部分內容。在普通百姓看來，學習院大學是那些社會地位較高的人才能涉足的學校，事實也的確如此吧。若正如我所說，普通百姓不上這裏的學校，而是像諸位這樣的一些上流社會子弟聚集於此的話，那麼在諸位背後附帶的首屈一指的便是權力。換言之，在座的各位比起普通百姓，在初入社會時，會擁有更多的特權。正如前面所說，毫無疑問，我們之所以要努力尋找礦藏，完全是為了自己的幸福，為了心裏的那份踏實。那麼，為什麼只有這樣才會讓我們幸福與安心呢？那是因為只有將諸位與生俱來的個性融入這個目標才能使大家安下心來。與之相對，當大家安下心來向著目標前進時，才能漸漸發揮自己的個性。只有將這個目標與自己的個性結合在一起時，才可以說「這裏正是能讓我踏實的地方」。

與此相同，請大家仔細體會我所說的「權力」一詞，

所謂「權力」正是將方才我提到的個性強壓在別人頭上的道具。倘若斷言它就是個道具的話，那麼這道具將是一個能夠使用的利器。

僅次於「權力」之後的便是「財力」。在座諸位一定擁有比普通百姓更多的金錢。如若把它也看成一刃利器的話，為了使自己的個性能夠擴張，「財力」作為高高在上、極具誘惑的道具，將成極其寶貴的可用之物。

如果是這樣的話，比起貧窮的人們，權力和金錢的擁有者能夠更輕易的將自己的個性強加於他人，或是將他人引誘到金錢和權力周圍。這使得我們不得不說權力和金錢是非常有用的道具。正因為有了這樣的力量，才會看上去一副了不起的樣子。這其實才是非常危險的。先前講到的個性，是說像學問、文藝、興趣這類東西，都應當在我們尋找到內心能夠安住的地方之後再開始發展。它的發展非常寬泛，不僅僅局限在單純的文藝。我認識這樣一對兄弟，弟弟喜歡在家博覽群書，與之相對，哥哥則非常熱衷於垂釣。在哥哥看來像弟弟這樣不思進取、整日悶在家裏非常不好。他甚至認為，正是因為弟弟不愛好釣魚所以才會變得那麼厭世。於是，決定強拉弟弟去釣魚。弟弟雖然極其不情願，但哥哥卻命令弟弟必須跟他一起去。甚至已

經扛起了魚竿，還讓弟弟幫忙拿魚簍。弟弟只得硬著頭皮跟哥哥去了，在垂釣時居然還釣到條令其作嘔的鯽魚，於是滿臉不高興地回了家。哥哥這樣做就能按自己所想的那樣改變弟弟嗎？一定不會。甚至會讓弟弟因逆反心理越發地討厭釣魚。也就是說垂釣與哥哥的興趣點相互吻合，二者之間沒有任何間隙，這便是哥哥的個性，但與弟弟卻完全沒有交集。這個例子不是說金錢的力量，而是在說明權力之威。哥哥欲將自己的個性強加於弟弟，強迫弟弟同他一起去釣魚。當然有些時候，譬如對待在課堂上聽講的學生、訓練中的士兵，以及軍隊化管理的寄宿學校等，這些情況都無法避免地需要一定強制性的手段。不過，我的本意是想說明在座的諸位獨立之後、步入社會時的情況，希望諸位帶著這樣的意圖理解這部分的內容。

正如前面所提到的，在我們碰到自己認為好的東西、美好的事物，或是與自己興趣點吻合的事，繼而發揮自己個性的同時，總是容易忘記自己與他人的區別，總是會設法要讓別人與自己為伍。這時如果我們擁有權力，就會像上文提到的那對兄弟那樣，強迫別人做不願做的事。如果再加上金錢的力量，一定會通過發散金錢使別人成為自己的朋友。也就是說想要將金錢作為引誘的工具，用其誘惑

力將他人變為自己想要的樣子。無論何種工具都是異常危險的。

因此，我常常這樣想，大家應當安住在能夠發揮我們個性的場所，這才是最重要的。如果找不到完全適合自己的工作就無法獲得人生的幸福。我們尊重自己個性從而獲得社會認可，那麼對於他人也應當認可其個性、尊重其選擇。在我看來，只有這些才是必要，且正確的。因為自己本性向右，就覺得別人向左是怪異的行為，這本身就是不合理的想法。在遇到那些原本就很複雜難以分辨善惡、正邪等問題時，如不借助精細深入的剖析是什麼也說不清的。當我們無法分辨這些問題的時候就必須堅信，只要自己能從他人那裏享受到自由，就要給予他人同程度的自由，必須同等對待每一個人。

近來，人們提倡自我、自覺。有人還以此為自己的任意胡為做擋箭牌，其中不乏劣跡累累的。他們一邊提倡徹底的尊重自己的自我，另一邊卻對他人的自我絲毫不予認可。可我深信，如若具有公平的視角、正義的觀念，在為自己的幸福謀求個性發展的同時，完全能夠給予他人同樣的自由。我們絕無理由去阻礙他人為了自己的幸福自由地發展個性。我之所以在這裏使用了「阻礙」這兩個字，是

因為在座諸位中有很多人毋庸置疑地將來會處於可以「阻礙」他人的位置上。

　　追根溯源，這世上本就沒有不必履行義務的權力。如今我站在這高高講台之上，向下俯視各位，一小時也好兩小時也罷，我保有要求大家安靜傾聽的權力。同時，於我而言，也必須要講出讓大家能夠肅靜傾聽的內容。好，退一步說，即便我的演講普通得不能再普通，我的態度或儀表也必須具備能夠影響大家禮儀行為的威嚴。倘若因為我是客，大家是主人，才老老實實地聽演講，這種說法雖然也不乏為道理之一，不過那樣的話就成了表面的禮儀，絲毫沒有涉及任何精神層面，僅為一種習慣做法而已，於是也就絲毫沒有議論的意義了。我們再試舉其他例子來看。我想大家在教室上課，常有被老師訓斥的經歷吧？這世上若有只知道一味訓斥學生的老師，那他一定是沒有授課資格的人。作為「訓斥」的補償，教師一定會傾盡全力為學生傳授知識。在擁有訓斥權力的同時，同樣也具備教授知識的義務。老師正是為了端正紀律、維持秩序才會充分使用大家賦予的權力。與之相對，也承擔著與權力不可分離的義務，否則將無法將教師這一職業進行到底。

　　關於金錢也是如此。據我所知，這個世界上沒有不

懂責任的金錢所有者。用一句話概括其原因：金錢是非常貴重的寶物，它能夠解決任何問題。譬如，假設我在這做買賣賺了十萬日元，就可以用它蓋房子，也能用它買書，甚至可以用它遊遍花街柳巷。就是說無論什麼樣的形式它都能改變，這其中甚至包括能夠用其收買人的靈魂，大家難道不因此而感到驚慌嗎？揮灑金錢，就能夠完全掌控他人的道德心，就是說，金錢是能讓人類靈魂墮落的工具。如果做買賣投機賺到的錢能夠給道德、倫理帶來很大的威脅，那我們不得不說這是一種很惡劣的應用。儘管如此，實際上金錢正在這樣惡劣地被使用著，我們卻無法應對。我們只能寄望於金錢的所有者，希望他們擁有足夠的道德心，在道義上善良地使用金錢。除此之外，再沒有其他防止人心腐壞的辦法。因此我想說，對於金錢的使用一定要負起責任來。應當培養自己擁有以下的理解見地 —— 我如今擁有的財產，若將它這樣用就會在這個方面產生這樣的結果；那樣用就會給那個領域帶來那樣的影響。應當要求自己負責任地處理我們的財富。因為只有這樣我們才能無愧於社會，才能無愧於自己。

現將我之前所述的核心內容概括如下：第一，欲使自己的個性得到發展，就必須同時尊重他人的個性。第二，

欲行使自己所擁有的權力，就必須要知道與此相伴隨的義務。第三，欲炫耀自己的金錢權力，就必須明白與之相應的責任。

　　換個說法來講：倘若不是在倫理上有一定修養的人，就不配發展個性，同時也不配行使權力、不配炫耀金錢。就是說，為了能安享個性、權力和金錢，就必須接受隱含於這三者之後的人格支配。沒有人格支配隨意發展個性，就會妨礙他人；隨意利用權力就會濫用職權。隨意使用金錢就會使社會腐敗。沒有人格的支配，社會將呈現一片危機。在座的各位將會是未來最容易接近個性、權力和金錢的人，因此希望大家一定要努力成為有健全人格的傑出人才。

　　話說的有些離題，現在言歸正傳。眾所周知，英國這個國家是一個非常尊重自由的國家。雖然是非常熱愛自由的國家，卻比任何國家都要秩序井然。實際上我並不喜歡英國，討厭它是不辯的事實，因此也只好坦白地這麼說出來。但我不得不讚賞它，像英國這樣熱愛自由卻又那麼遵守秩序的國家，全世界恐怕沒有第二個。日本是無論如何也比不了的。英國不僅僅重視自由，在熱愛自己那份自由的同時，也很尊重他人的自由。為了能實現這種理想的狀

態，他們從小接受社會性教育。因此在他們的自由背後一定有一個叫做義務的觀念緊緊相隨。正如著名海軍將領納爾遜（Horatio Nelson）名言裏所說的那樣，「英格蘭期盼人人恪盡職守」。他們將自由一分為二，除了自己那份內在的自由，也不能忽視他人外在的自由。同時發展內外兩種自由，這是一種有著深厚根基的思想。

他們如果有什麼不滿，常常會去示威遊行。政府非但不制止也絕不會做任何干涉。與之相對，示威遊行的人們也會十分注意，儘量不去做那些會給政府添麻煩的事情。最近大家可能會在報紙上看到，關於女權擴張論者四處滋事的報道，那只是個例外。如果說當作例外例子太多的話，也只能這樣理解了，沒有其他更好的解釋。結不了婚或是找不到好工作，再或者甚至抓住自古以來尊重女性的風尚不放，總之這些都不像是英國人平時的態度。破壞名畫、在監獄絕食為難獄警、把自己綁在議會的長椅上故意大喊大叫的喧鬧，這些現象都很令人意外，也許是覺得女性無論做什麼都會得到男性的體諒，所以才會無所顧忌地這麼做吧。但無論是什麼樣的理由，這些行為都是不合規則的。一般的英國性格，正如我所說的那樣，是指在義務的觀念範圍內對自由的熱愛。

雖不是什麼都要以英國為榜樣，但我認為沒有義務心的自由稱不上真正的自由。就是說，那些任性的，以自我為中心的自由，根本沒有辦法存活於世。即便是存在，也定會立刻遭到排斥，從而消亡。我衷心地期望大家在熱切追尋自由的同時，不要忘記義務的存在。正是因為這樣，我才能夠直言不諱的說出「個人主義」這個概念。

　　對「個人主義」這一概念的理解是不可以有偏差的。尤其是對像大家這樣的年輕人，講了容易產生誤解的內容，我深表歉意，懇請大家在這方面多多注意。由於時間關係，我儘可能簡要說明，個人自由正如方才所講是離不開個性的發展的，然而個性的發展又直接關乎在座每個人的幸福。因此儘可能不要受到其他的影響，即使左右背道而馳，也不能影響自由，我們要用自己的雙手緊緊把握這份自由，不能將它賦予他人。這就是我所說的個人主義。在金錢與權力的層面上也是如此，我不喜歡那傢伙所以就收拾他，看不慣那個人所以就要揍他一頓，像這樣並不是因為他人做了壞事，就濫用金錢或權利的話會怎麼樣呢？這不僅完全摧毀了人類的個性，不幸必定也會由此而生。例如，我沒有任何違法行為，就因對政府不滿，總督察就命令警察查封我的家，這是什麼行為？再譬如，像三井、

岩崎這樣的富商，只因為不喜歡我，就可以收買我的家僕讓其違抗我的命令，這又是什麼樣的行為？如果他們在錢勢背後，多少有一點人格支配的話，絕不會這樣蠻不講理。

這些壞的影響，都是因為沒能夠理解道義上的個人主義而產生的。只要通過權力或是金錢就能實現擴張自己的目的，這無疑是一種非常任性的行為。因此，「個人主義」，我在這裏與大家強調的個人主義，並非世俗理解的那種會危及國家的內容。我將其解釋為，在尊重他人存在的同時尊重自己的個性，因此我認為這是一個非常優秀的主義。

說得更易懂一些，個人主義就是沒有黨派心、是非分明的主義。是不結朋黨與團體、不為權力和金錢而盲動的主義。正因如此，其內在有著不為人知的孤寂。沒有派系、我行我素走自己的路，同時又允許他人有他人前進的方向，因此在某些時候、某些場合，個人主義會使人各自為營，寂寞就會油然而生。

記得在我負責朝日報社文學專欄工作的時候，刊登了一篇批評三宅雪嶺的報道，作者我已記不清是誰了。當然這篇報道並非人身攻擊，不過是普通的批評罷了，且只有兩三行文字。什麼時候刊出的我也不記得，但是我負責期

間的事是肯定的。也許當時我因為生病，或是正在病中，再或者我並沒有生病，而是我批准這一文稿刊登的，這些都記不清了。總之，這則批評的稿子在朝日報紙文學欄裏刊登了。文章一經刊載，便激怒了《日本及日本人》雜誌的同人。他們雖沒有直接跑來找我交涉，但有人向我手下一名員工提出撤稿的要求。此人並非雪嶺本人，而是他的手下 —— 說手下搞得有點像黑社會幫派似的 —— 反正就是他的一位同人吧，要求我們無論如何都要撤稿。如果我們刊登的是事實報道一類的，當然就得另說，可我們是批評類的文稿，所以不存在撤稿的可能。在我看來，這是我們的自由，毋庸置疑。然而令人感到震驚的是，要求我撤稿的同時，《日本及日本人》雜誌上幾乎每期都刊載對我的批判稿。雖然他們沒有直接找我交涉，但當我間接聽到這些事時，心情不免難以言狀的複雜。因為我們的所為屬個人主義，而對方卻是黨派行為。當時我甚至在我自己負責的文藝專欄上刊登過抨擊我作品的評論。可是，這些所謂的同人卻憤慨於對雪嶺先生的批評，這讓我很驚訝，且覺得意外。非常抱歉我不得不覺得他們已經落伍了，他們像封建體制下的某種團隊。想到這裏，無名的寂寞湧上心頭。在我看來當兩個人的觀點相悖時，無論關係多麼親

密，都不能相互干涉。因此，在教導那些常聚到我家的年輕人時，除了特別重大的理由，我也絕不會抑制他們發表自己的觀點。我非常認同他人的存在，即是給他人相應的自由。所以，即使對方因不滿而對我大肆侮辱，我也絕不能請求幫助。這正是個人主義的寂寞之處。個人主義以人為本，在決定取捨之前，先明辨是非，再決定去留。因此有時難免會變得無依無靠、倍感孤獨，個人主義本應是這樣。但是，即便是散柴，只要紮成捆一樣可以堅不可摧，因此我們很堅定。

接下來，為了避免另一誤解，向大家說明如下：人們總覺得所謂的個人主義是與國家主義相對，是一種會將其摧毀的主義。個人主義並非那麼毫無理由、隨意亂來。我本不喜歡某某主義這一說法，人是無法用某一個主義來定義的。我們只是為了便於說明，才在主義這兩個文字的背景下講述各種各樣的事情。某人宣揚，如今的日本如果沒有國家主義就無法發展下去。甚至有不少人鼓吹如果不制止個人主義的話，國家就會有滅亡的危險。像這樣荒唐的事情是絕對不會發生的。事實上，我們每個人即是國家主義，也是世界主義，同時也是個人主義。

作為個人幸福的基礎，個人主義以個人的自由為主

要內容。每個人都享有的這份自由，會像寒暑表衡量冷暖那樣，依照國家的安危自我調節。與其說它是真理，倒不如說它是源自實踐的真理，是自然而然產生的。國家臨危時可以縮小個人的自由度，國家安泰時亦可擴大個人的自由。既然是具備健全人格的人，就不會在國家安危之時，還錯誤地一味朝著發展自己個性的目標前進。我所說的個人主義，是指那些即使火災已經過去仍舊喊著需要防火帽、平安無事時仍覺得緊張不安的人們。

我再舉另一個例子吧。從前在我上高級中學的時候，曾經參加過一個協會。協會的名字和主旨已經記不太清了，總之那是一個標榜國家主義的很鬧騰的組織，不過決非危害社會的團體，當時還得到時任校長木下廣次先生的支持。會員們都在胸前佩戴徽章，不過不願佩戴的我有幸也被收為了會員。雖然我不太贊同發起人所持的觀點，但抱著加入也沒有什麼壞影響的念頭還是入了會。當我們在一間寬敞的禮堂舉行創立大會時，不知是什麼原因，一位會員突然上台演講似的長篇大論了一番。雖然同為會員，他與我的觀點有著很大的分歧。之前我曾對該會的主旨作過猛烈抨擊，因此這位會員趁大會開始之際在台上駁斥我之前的言論。不知他是故意還是一時心血來潮所為，但當

時我覺得有必要對他的反駁發表一些辯答。現在想來，無論是態度還是舉止，當時的做法都讓自己感到有些尷尬。在那位會員之後我馬上站上講壇，簡潔地陳述了自己的觀點後退出了團隊。大家也許會問，當時我究竟說了什麼。簡單來說就是：國家固然非常重要，可是要我們從早到晚把國家掛在嘴上，一副被國家附體的樣子，那可是我們永遠也做不出來的。也許有人日常起居無時無刻不在考慮國家的事，但一刻不停地只考慮一件事的人，現實中並不存在。豆腐舖的老闆四處奔波叫賣，絕不是為了國家在叫賣，其根本目的是為了自己的衣食。但他所做的結果卻是在為社會提供必需的物品，從這點來看也許間接地為國家做了貢獻。同樣，我今天中午吃了三碗飯，晚上增加到四碗，這不是為了國家而增減的。老實說，這只是根據胃的情況而定的。但間接地來看，這種行為也不是對國家毫無影響。世界上大多數事物之間的確存在一定的聯繫。可是如果說當事人天天想著為了國家在吃飯、為了國家才洗臉，甚至是為了國家才去上廁所，這就太可怕了。為了推廣國家主義無論做什麼都不為過，但將完全沒有事實依據的事情也打著為了國家的幌子，就是真正的欺騙。我的辯答大致就是這樣。

一個國家，如果面臨危險，當然人人都會去考慮國家的安危。反之，一個國家越是沒有戰爭的憂患、沒有遭受他人侵犯的擔憂，國民的國家觀念就會越淡薄，這是理所當然的事。由此而產生的空檔也自然地由個人主義來填補了。如今的日本並不是那麼的安泰，國小貧窮，因此也許不知道什麼時候就會發生什麼事情。從這個層面來看我們必須為國家著想。但是，即便如此日本也沒有馬上垮台的可能，更沒有滅亡的憂患，因此當然也就沒有必要到處叫囂著為了國家、為了國家什麼的。這就好像在沒有發生火災的時候認真地穿著防火的裝束滿大街亂跑一樣。事情都是有度的，倘若真正爆發了戰爭，或是國家處於危急存亡的時刻，有頭腦的人 —— 已經積累了自覺為國家考慮的、有一定人格修養的人，自然會挺身而出。為了國家放棄個人自由、減少個人行為也在所不辭。因此，我深信國家主義和個人主義之間並不是任何時候都有矛盾、任何時候都互相排斥的。二者之間絕不是什麼難以處理的關係。關於這一點我本想做更加詳細的說明，但因時間關係只能講到這裏。最後想提醒大家注意，國家層面的道德遠低於個人層面的道德。雖然國與國之間的外交辭令十分考究，卻有失道德之心，淨是些虛偽、欺詐、隱瞞真相的毫無理趣的

東西。因為若以國家為標準，將其視作一個整體的話，就必須毫不在意地甘於接受這些低級道德。但從個人主義的層面出發來考慮的話，道德標準就必須變得更高更大。因此我認為在國泰民安的時候，更應該將道德心至上的個人主義放在重要的位置（我認為這才是道理）。關於這方面內容，因時間關係今天就不做過多講解。

　　承蒙大家的邀請，在下有幸來到學習院大學登台演講。今天主要為大家講解了在生活中引入個人主義的必要性。這也是諸位在步入社會之後，或多或少能夠借鑑的內容。以上所述內容諸位究竟能夠理解多少我並不知曉。若有不明白的地方，恐怕都是因為我準備得不夠充分，或是講得不好。關於所講內容，如有含糊不清的地方，請不要妄下定論，歡迎到寒舍一起探討。無論何時我都會儘可能地為大家說明，會想盡一切方法解答諸位的疑慮。如果各位能夠充分理解我的本意，我將無比欣慰。內容太過冗長，還望大家見諒。

（魏海燕　曹珺紅　譯）

留級

那個時候東京只有一所初級中學，雖已叫不出學校的名字，但仍記得是和現在的高等商業學校相鄰。我好像是十二三歲上下考進那所學校的，印象中比起現在的中學生，那會兒的孩子們都要小很多。中學分正式和非正式兩種，正式校區和現在的普通學校沒什麼分別，非正式校區則更注重英語能力的培養。考入非正式校區的有歷任京都帝國大學文科大學校長的狩野亨吉、京都帝國大學總長岡田良平等學者。我上的是正式校區，和柳谷卯三郎、中川小十郎等人是同級。那時初中畢業要先上大學預科班（相當於現在的高中），之後才能考大學。非正式校區更注重英語能力的培養，因此考大學預科班要容易很多。與之相對，正式校區英語較為薄弱，畢業後就必須補習英語，否則考不上大學預科班。這學上得了無生趣，不滿三年我就休學去了三島中洲老師的二松學舍。當時和我同去的還有如今小負盛名的京都大學田島錦治、井上密等，以及前陣子戰爭中被俄羅斯俘虜的內務省官員小城等人，也在這所學校念過書。學舍極其簡陋，教室的破舊恐怕是如今的人們無法想像的。地上放著的墊子破爛不堪、露出黑亮的棉絮，連桌子也沒有，大家都席地而坐聽老師講課。需要輪流講解時，大家就像玩和歌紙牌遊戲那樣，抽籤來決定順

序。把細長的竹籤放進竹筒裏，然後搖籤，學生們紛紛從竹筒裏抽籤，籤上有編號，用編號來決定演講的順序。竹籤的編號並不是簡單的一二三，而是用中國古詩編寫法裏的平水韻來排序，如一東、二冬、三江、四支、五微、六魚、七虞、八齊、九佳、十灰，滿都是漢學詞彙的序號。不僅如此，有時還會用去掉前邊數字的只寫著東、冬、江這樣漢字的竹籤。如果抽到寫著「虞」字的籤就是第七個，抽到「微」字就是第五個，一看漢字就得立刻明白順序。學校每天早上六七點開始上課，整個氛圍就像過去的私塾，一點沒有學校的樣子，但寄宿費卻是非常便宜的。不過我沒住校，只依稀記得住宿費每月只有兩日元。

原本我喜歡漢學，閱讀過很多漢學書籍。雖然我現在搞的是英國文學，但當時一提到英語就心生厭煩，連碰都不願多碰一下。因此懂英文的哥哥總是在家一點點的教我。但他脾氣暴躁，我呢，又非常厭學，沒過多久就堅持不下去了，學完初級的內容就結束了英語的學習。後來我想明白了，在這樣一個崇尚西洋的當今社會，只讀漢學書籍成為漢學家也沒什麼用。當時的我雖然沒有什麼明確目標，但不甘心就這樣虛度一生，就決定先考上大學學點東西再說。那時每縣都有一間中學，從那裓畢業的學生都能

免試進入大學預科班。東京也只有一所這樣的中學，特別校區的學生要考入這所學校相對容易些，而正式校區的學生得額外多學習一下英語才行。當時順利考進大學預科班的很多人都去成立學舍、共立學舍、進文學舍 —— 這些都是坪內先生他們在本鄉壱岐殿附近開辦的 —— 這樣的補習學校學習了英語。除此之外還有兩三家類似的補習學校。我因為痛下決心要考入大學預科班，為此進了位於駿河台（現在大概就在曾我祐準中將家的隔壁）的成立學舍學習，用了差不多一年時間努力補習英語。本就是初級水平，突然進了高級班，要完整的學習斯文頓（William Swinton）的《萬國史》，開始時是一句都看不懂。但當時我決然將自己鍾愛的漢學書籍一本不留的全賣了，全心全意地埋頭苦學英文，終於漸漸明白了書裏的意思。就在那一年（明治十七年，1884）的夏天，我幸運的考入了大學預科班。

同一所初中的狩野、岡田等人，因為就讀於特別校區，很早便進入了大學預科班，而我們這些正式校區的學生則要迂迴的上了二松學舍、成立學舍之後才能考入預科班。

經歷了種種努力預科班總算是考上了，但自己因生性懶惰，還是一點也不愛學習。著名政治家水野錬太郎、

後任東京美術學校校長的正木直彥、芳賀矢一等人和我同班，但與我們這些不愛學習的傢伙不一樣，他們都是些勤奮用功的學生。因此我和他們沒有什麼近距離交往，感覺我們之間遠隔千山萬水一般。我想他們一定輕蔑我們這樣一群懶惰沒用的傢伙吧，而我們也覺得與這些滿腦子分數的人沒什麼好說的。我們奉遊玩為真理，就那麼懶散地生活著。

　　大學預科班學制共五年，其中預科三年，本科兩年。三年預科所學的主要是數學之類的和中學一樣的科目，只是稍難一點。那些生物學呀、動物、植物、礦物等課程全都用的是英語寫的課本。因此當時的學生英語閱讀水平比現在的高很多，但提及學生的學風卻是著實差勁。與我們那時相比，現在的學生真是老實聽話。那時我們淨做些惡作劇的事情捉弄老師。譬如搞一種叫「火爐攻擊」的把戲。當時教室裏都放著個取暖用的爐子，一般就在老師身旁。我們總是故意往爐子裏填滿木柴，把爐子燒得通紅，搞得認真上課的漢學老師熱得臉紅得同爐子一般，我們躲在一旁看著老師通紅的臉偷偷竊笑；我們總是趁著數學老師面向黑板認真為我們講解時，拿著粉筆在他身後畫奇形怪狀的文字或圖案；再或者開始上課之前，關閉教室所有的窗

子，把教室弄得漆黑一片，然後悄悄的躲起來，把進來上課的老師嚇一跳。我們整日熱衷於玩這些把戲。

　　大學預科班三年的課程是分為三級、二級、一級三個年級的。最初的三級我以平均分六十五分的成績勉強通過。好不容易通過了考試，可我依然不思進取。在升入二級不久，碰巧趕上大學預科班要與當時的工部大學及外國語學校合併，這三所學校合併後逐步發展成如今的高等學校，不過當時因機構兼併學校一片混亂。我那時不湊巧得了腹膜炎，沒能夠參加當年的升級考試。雖向學校申請了補考，但教務處的老師因為三校合併及其他事情忙得不可開交，根本沒受理我的申請。我也是因此事終於認真反省了。教務處的老師不接受我的補考申請，也許是因為我成績太差，或是因為太忙，但歸根結底造成這樣的結果，始終是因為自己失信在先。人如果沒有信用的話，在這世上無論什麼事都無法完成，我們首先要得到他人的信任。要做到這點，只能通過刻苦努力地學習。越是這麼想，越是覺得再也不能對自己從前吊兒郎當的生活置之不理，痛下決心一切都從頭做起。於是我不顧朋友們的再三勸阻，放棄補考，向學校申請留級，重修二級課程。仔細想想人真是個奇怪的生物，我開始認認真真地學習之後，發現從前

那些一竅不通的東西如今也都能看懂了。就連從前壓根兒聽不懂的數學，現在也能很好的解答了。某日聯誼會上，大家投票推薦，誰適合學什麼學科，我居然被大家推薦應當去理科繼續學習。原本我是不善談吐、笨嘴笨舌的性格，心裏想的事情都不能很好地表達。翻譯英文時，即便是自己懂了其中的意思，也不能很好的表達出來。但仔細想想，沒有什麼事是自己明白了卻說不出來的。於是，我下定決心無論什麼事都大膽的說出來。之後即使說的不好我也儘量去說，這樣一來從前在教室裏不敢講的話，現在也都能流利地說出來了。就這樣，以留級為契機的我革新自己，開始認真地學習。對我本人來說這次留級是一劑非常寶貴的良藥，如若沒有此次留級，我一直敷衍了事的生活，如今會是一個怎樣的人根本無從知曉。

像前文中所說那樣，我主動申請留級，重修了預科班的二級，之後升入一級學習。升入一級之後的學習多是一些與專業相關的課程。我選擇了二部的法語，二部是工科，因此我還選修了建築學。當時這麼做的初衷非常有趣，童心未泯的我想問題總是和別人不太一樣，做這個選擇時的想法也是如此。我本來就是個怪人，如果一成不變的怪下去估計無法在這世上立足。要想在這世上生存，就

必須想方法從根本上有所改變，可是如果我選擇一個日常生活中不可缺少且非常重要的工作，那就不一定非要改變自己，也能繼續按照自己的方式生活下去了。我想即使是我這樣的怪人，如果有了適合的工作，人們一定會低頭向我來請教，這樣我就能糊口，就能生活下去。出於這樣的考慮，我選擇了建築學。原本我也一直喜歡美術類的東西，從實用的角度將建築美術化，也是我選擇建築學的另一個理由。

我由於留級，與水野、正木這些朋友又近了一步。在我留級的班裏有松本亦太郎等人，還有已故的一位叫米山的，他大學畢業獲得了文學學士學位，是一位非常優秀的學生，當時在哲學系念書。興許是念及和我的友情，看到身處建築系的我，他常常給我一些忠告。當時的我立志要在日本造出金字塔那樣的偉大建築，米山卻對我說了如下中肯的告誡：「你學什麼建築呀！如今的日本，是不可能讓你建造你所想的那種美術建築來流傳後世的。而文學就不同了，只要你努力，就有可能創作出流傳百年、千年的大作。」當時我選擇建築只是考慮到自己的一己之利，而米山卻能以天下為標準，被他這麼一說我才恍然大悟，於是立刻改變了方向，決心從文。因為當時認為國學或漢學已

然沒有研究的意義，便選擇了英國文學，直至今日。雖然搞了文學現在也覺得沒多大意思，又萌發了學做生意的念頭，當然我知道為時已晚了。最初突發奇想的我還想通過研究英國文學寫出些英文大作，真是著實幼稚至極呀！

（魏海燕　曹珺紅　譯）

入社之詞

我辭掉了大學工作，跑去朝日報社的這一舉動引來了眾人驚嘆，其中不乏有人質疑我這麼做的原因，當然也有人讚賞我的果斷。雖然我並不知道自己到報社是否可以功成名就，但也不覺得辭去大學教師的工作轉去報社有那麼令人匪夷所思。如果有人說為了這種沒把握成功的事情而放棄十來年的工作是魯莽至極之舉，對此感到詫異也是情理之中，就連我本人這麼一想，也會不覺一驚。但是，如果說因為我為了報社而放棄了大學這樣有面子的好工作感到詫異的話，那則大可不必了。大學校園應該是那些聲名顯赫的學者們扎根的地方；應該是那些令人尊敬的教授、博士們的隱世之處。在大學熬二三十年說不定能混上個政府要職，大學也許還有很多諸如此類的好處吧。是啊，這麼一想，我也不得不說大學還真是個好地方。我雖沒統計過究竟有多少人想要混入大學、爬上教授的位子，但若逐一詢問一定會發現有這種想法的人數不勝數。我也想到這些才真正意識到大學的好，我也非常贊同大學是個好地方這一觀點，不過，我只是說我同意大學是個好地方這一點，這並不代表我認為報社不好。如果你這麼想我的話，就未免太過武斷了。

可能你會說報社是做買賣的，可是大學也同樣是做

買賣的。如果不是買賣，人們就沒有必要爭著考博士、當教授了；就沒有必要要求漲工資了；就沒有必要爭先恐後地去當政府要員了。大學同報社一樣都是在做買賣，如果說報社搞的是卑賤的生意，那麼大學也不例外。它們的差別僅在於，前者是民間個人行為，後者是政府行為，僅此而已。

我在大學任教四年。之前承蒙政府的恩賜，得以留洋學習兩年，因此我有義務加倍回報國家在大學任教至規定的四年年限。今年四月，正好期滿。如果這份工作能養家糊口，即使期滿，我原本也是打算緊抓不放、寧死不肯放棄這份工作的。不曾想，有一天我突然接到了朝日報社發來的邀請，問我是否願意去報社工作。當我問及具體工作內容時，對方這樣答道：只需在適宜的時候，適量地寫些與文藝相關的作品即可。對於我這種把文藝創作視為生命般重要的人來說，沒有比這更難得的工作了；沒有什麼待遇比這更令人心情愉悅的了；沒有什麼職業比這更讓我感到榮耀的了。原本我就不是身處可以考慮成功與否的境遇；也不是為了要當博士、當教授、當政府要員而拚命的人。

在學校上課時，總是因為惱人的狗叫聲大為不快。我之所以課上得不好，多半是因為這狗的叫聲。我從不覺得

是因為我的學識不夠，對於學生我深表同情，這一切都怪那條狗不好，有什麼不滿也請向那條狗抱怨去。

在圖書館的閱覽室看新近的雜誌或小說，可以說是在大學裏最讓人放鬆心情的時刻。可是因為工作太忙，總也抽不出時間去享受這份美好，著實令人遺憾。不過，每次去閱覽室，旁邊屋子裏圖書管理員總是在大聲地講話、喧鬧、嬉笑。擾了這份清靜是最不能容忍的。我曾上書坪井校長，非常冒昧地懇請他懲戒他們，但校長不予理睬。我的課之所以講的不好，多半也該怪這個。我再次對我的學生們深表同情，這些都是因為圖書館和校長不好，有什麼不滿請向他們去抱怨吧。

報社的工作足不出戶就可以完成。每天在書房裏寫寫文章就算是工作了。我的住處附近可能也有狗，也一定有像圖書管理員那樣吵鬧的傢伙，可是這些都和朝日報社沒有任何關係。無論多麼不愉快，無論有多大的障礙，報社的工作我都會做得饒有興致。僱工能夠心悅誠服地為僱主工作，那是再好不過了的事呀。

在大學擔任講師，年薪是八百日元。因為孩子多，房租貴，八百日元是無論如何都過不下去的。沒有辦法，除了這份固定的工作，我還得奔波於其他兩三所學校之間，

只有這樣才能勉強度日。生活中的疲於奔命讓漱石我患上了神經衰弱。不光如此，我還得寫些東西吧。如果你說我寫作完全是因為我自己的喜好，那我得說幾句，近來的我如果再不寫些什麼，似乎都感覺不到自己是否還活著。還不僅如此，為了教書，為了修身養性，我還得要讀些書，不然無顏面對世人。正是因為這些，夏目漱石我深受著神經衰弱的折磨。

在報社工作，是不允許外出代課賺錢的。不過，報社會給出足以糊口的生活費。只要能滿足吃飯的需求，還有必要苦惱嗎？於是，說辭職我便立即遞交了辭呈。辭掉大學工作的第二天，驟然感覺如釋重負，心肺似乎都比以往容納了更多的新鮮空氣。

辭去學校的工作後，我去了一趟京都。在那裏會會老朋友，田野、山間、寺廟、神社，任何一處都比教室令我愉悅。樹梢啼曉鶯，我也索性放空心情，將四年來積壓在內心的陰霾一掃而空。這些都是拜報社這份工作所賜。

人生感意氣，功名誰復論。朝日報社給我這怪人一個合適的環境，為此我不勝欣喜，定當傾盡綿薄之力。

（魏海燕　曹珺紅　譯）

我的過去

金田夫人的家、二玄琴老師、車伕休息的腳行以及落雲館中學等等，這些《我是貓》一書中人們耳熟能詳的地方位於根津的大觀音像附近。苦沙彌老師的家也居於其中，門口連個名牌都沒有掛。就在去年臨近年末的時候，苦沙彌老師的家搬去了西片町。漱石在新家裏堆成山一樣的書堆中手捻鬍鬚得意地說道：「你瞧，我們的新家可是二層樓哦！」話音未落只聽走廊那邊傳來「咯吱咯吱」的聲音，那隻大花貓從推拉門上的破洞裏探出腦袋，衝著這邊「喵」的叫了一聲。

　　雖然搬來這裏已經很久了，可這隻大花貓還是常常會跑回原來在千馱木的家。前陣子，牠在回千馱木的路上小便時正巧被我逮個正著，帶回了家來。家，還是舊的更令人眷戀啊 —— 唉，你這是在說我的家嗎？小瞧我可是很不好哦。雖說我的老家只是江戶附近偏遠的鄉下，可我畢竟也是地地道道的江戶人哦。我出生在牛込的一個叫馬場下的地方。

　　父親是馬場下町一個叫小兵衛的名主。家裏沒有做什麼買賣。父親這個名主，像村長一樣忙忙碌碌，貌似收入頗豐。我的老家就在那個路口，就是三喜久井町站那裏。

在車站派出所的對面有一個叫小倉屋的酒館，據說曾經在高田馬場和仇敵決鬥的堀部武庸也在這個酒館站著喝過酒。從酒館一路朝坡上走，不遠處有一個舊貨店。順著舊貨店旁邊的小路再朝裏走，就會看見一棟門樓破舊不堪的房子，那便是我的老家。現在也許那門樓早就沒有了。不過，我家祖上可是名門望族哦，血統歸屬於戰國時代名將武田信玄一族。如此顯赫出身的家族後來卻做出了背叛君主的醜事，只是已經記不清是第幾代後裔所為。如今，老家附近的地名叫做喜久井町，據說是因為我家的家徽是井字形木框裏有一枚菊花，父親用「菊花井字」的諧音命名的。不過，這些都是明治初年發生的事了，所謂名主這類官職也只是那時才有的。

說起名主，主要分為可佩刀和不可佩刀兩類，我早已忘了父親是屬哪一類。只記得在一個名為相模屋的大當舖與酒館之間有一排狹長的房子，那便是我的家。那個時候修建門樓可是名主們的特權。由此，名主有了一個奇特的別名，叫做「門樓大人」。想必家父也一定驕傲地應承過別人對他「門樓大人」的稱呼吧。

我家的落敗，是在明治十四、十五年（1881–1882）前後。家中四位兄長個個都是浪蕩公子，祖輩們留下的積蓄

統統被他們揮霍一空，甚至連房子都落入別人手裏。大哥在當時的大學研究化學，卻因肺病去世。二哥是個地道的酒色之徒，整日穿著綾羅綢緞，不是去買藝妓就是去逛窯子，最終也死於肺病。三哥如今雖平安待在老家牛込，卻不住在馬場下町，馬場下町的房子早已是別人的家產。

我就和這樣一群吊兒郎當、自由散漫的兄長一同長大，甚至我的表兄弟當中也有花街柳巷的常客。可以說全都是神經錯亂、自由散漫的烏合之眾。成天裏，有在模仿唱戲的，也有在學說相聲的。我則是整日受大哥的監視。說起大哥，他也是位十足的浪蕩公子。我呢，運氣有佳，但沒錢再加上沒有過多的閒餘時間，所以只能裝成正人君子，手不離筆。孩子的時候也非常淘氣，喜歡打架，常常被人訓斥，說我是個粗暴的傢伙。

翻過穴八幡那條阪道，徑直向前就會看到一條通往源兵衛村的岔路。順著岔路再往前走，就能看到諏訪森林附近的一處地產，這片地是屬一位叫越後的殿下。桑木嚴翼的外婆家就在那裏，他的外婆家好像是姓鈴木，那個鈴木家的兒子常常來我家玩。我家院子裏有五六棵的枝葉茂盛的棗樹。這和《哥兒》裏的場景相似，也許真就是這樣。小說有位叫阿清的婆婆，待人親切。我家裏確實也有這麼

一位上年紀的女傭，對我很是疼愛。小說裏有這麼個情節，阿清婆送「我」錢包，「我」不小心將錢包掉進廁所，阿清婆專門為「我」去撿錢包。我雖不記得從自家女傭那裏得到過錢財，但錢包那一段是確有其事的。我的一群髮小裏至今還能記住姓名的，就只有山口弘一一人了。只知道此人好像在學習院擔任老師，再詳細的也不太清楚了。

我一度上了中學，不過中途退學去了駿河台的成立學舍。之所以選擇這所學校，是為了要進入第一高等中學預科班。在成立學舍結識的朋友當中，不乏一些日後聲名赫奕的大家。後來，我順利地考入了一高預科班。雖與山田美妙同級，但關係並不是那麼親近。與正岡子規也是此時成為朋友的，我們還曾一起寫過俳句。子規比我更像個怪人，對不喜歡的人他總是一言不發，是個孤傲卻不失趣味的男生。雖不知是怎樣的機緣，但看起來子規是喜歡我這樣的朋友的，我們很快便打成一片。在高年級，還有川上眉山、石橋思案、尾崎紅葉等朋友。紅葉是那種在校成績不怎麼好的男生，與我也沒有什麼往來。但那之後不久，他的小說便聲名大噪。那時，寫小說在我而言，雖是想也未想過的事情，但心裏卻很不以為然，覺得寫出像那樣的東西應該也不是什麼難事。

應該是在大學三年級的時候吧，我去了如今的早稻田大學，那時叫東京專門學校，做了一名英語教師。當時要我給學生講彌爾頓（John Milton）的一本名為《論出版自由》的書，書的內容非常難，那門課困擾了我很久。也就在那時，我結識了早稻田大學的學生藤野古白，他是我和子規的俳友，住在位於姿見橋附近的素人屋，那裏因太田道灌那首描寫山吹花的和歌而得名。素人屋與我馬場下町的家，距離很近，我常去找他，與他一起辯論。想必大家也了解，他終因精神錯亂自殺，英年早逝。在《新俳句》上我曾寫歌一首只為懷念他：

憶故友古白，如春日之櫻

那之後我辭去了早稻田大學的教師職務。這都是大學時的故事了。那期間我時而寄宿別人家中，時而回自己家住，總是不停地變換住處。我大學畢業是在明治二十六年（1893）。原本大學文科的伙伴們也因時代不同發生了很大的變化。高山帶來了時代風潮的變遷，上田敏就屬變化後的時代，這一時期人才輩出。而我們則屬這之前的停滯期。

畢業後，我去愛媛縣松山市的中學做了一段時間老師。在《哥兒》一書中，那個說著方言的中學學生，是我在松山時的伙伴。我雖沒做過《哥兒》裏寫過的那些事，但書中的溫泉、紅手帕都是事實。說到這，我想起一件讓我頗感為難的事情。松山中學裏有一位和小說裏外號山嵐的老師一模一樣的人物，很多人都說夏目漱石寫的就是他。但是，我絕不是刻意那麼寫的，因此我只能閉口不談。

之後，我從松山換工作到熊本的高等學校做老師，在熊本工作沒多久，就接到了文部省要求去英國留學的命令，後留洋歸來。如今，是在東京大學、第一高等學校及明治大學做講師，日子過得異常繁忙。

提到相聲，我是非常喜歡的，常去牛込肴町街那家和良店聽相聲。怎麼說呢，因為我小時候喜歡評書，東京說評書的曲藝場我幾乎都聽遍了。畢竟是和那樣一群哥哥們一起長大，生性喜歡玩樂，自然會喜歡相聲評書這類東西。說到這裏，忽然想起那些說相聲的大家，在我還很小的時候就有幸聽聞了許多大家的表演。那是因為距離我家不遠，向穴八幡方向，有一位叫松本順的人家。這家的主人是位赫赫有名的軍醫總監，在我很小的時候他家就常有

各類戲曲、相聲表演的藝人出入。

　　我的過去大致如此，這樣的過去裏面也夾雜著不少如今的自己。總之，似乎有著看上去還不錯的過去吧。

　　　　　　　　　　　　　（魏海燕　曹珺紅　譯）

模仿與獨立

我今天突然造訪實屬意外受邀。

　　我畢業於這所學校，因而我和這所學校有著頗深的淵源。但迄今為止，我從未有過像今天這樣收到辯論部的邀請站在大家面前發表演講的機會。這一方面是因為我沒有受到邀請，另一方面是因為我本人也無此意願。事情的來龍去脈大概是這樣的：剛剛介紹我的速水先生是我的熟人，以前是我的學生，現在是好友，哦不，應該說他是個名人。雖說是朋友，但並不是速水先生請我來的。今天我之所以來到這裏，是受安倍能成先生的委託，他也是我之前的學生，現在也是個知名人士。據他說他和辯論部的各位頗有交情，所以他們通過他找到了我。起初我確實是想拒絕的，主要原因是近來腦子不大好使，更準確地說應該是我的大腦的運作方式不大適合在這種場合發表較為系統的言論。總而言之，因為怕麻煩，我當時便回絕了。然而也許是因為我的拒絕方式過於直白，當時我是這麼推脫的：如果不是非講不可的話，我就不去講了，請見諒！言外之意就是說如果非講不可的話我就去講。後來想想，確實是我太老實了。事已至此也沒必要再追究非做不可的原因為何，索性我便接受了此次邀請。安倍先生是位君子，屬於那種拜託的事情就一定要讓對方接受的君子。速水先生也

不例外，但他是那種不拜託別人，反過來卻會讓人不由得為其著想的君子。鑑於以上原因，我出席了此次活動。之所以在演講之前講這些看似辯解的話，是因為我站在這裏深感卑怯。一方面我覺得自己無法做到談笑風生；另一方面也覺得即便講出了什麼問題，也不會像學校上課一般那麼有條有理。就像安倍先生所說的，不論講什麼內容都行！希望大家能夠聽得開心。

我曾經在這所學校做過老師。我當年所教的學生恐怕都已經畢業，並無一人在座了吧。在座的你們可以說是他們的後輩或者是後任了。你們可千萬不要以為，我在這間教室裏曾經屢次三番地折磨過你們的前輩，就不把你們放在眼裏，不加準備就能順利地完成這次演講。

我曾在這所學校任教四年，而且在那之前，我和大家一樣也是這所學校的學生。具體在這裏待了多少年我已經記不清了，但你們可別誤以為是我留級了。我原本就沒打算上這所學校。這所學校以前是一所補習學校，位置就在一橋❶那一帶，也就是如今的高等商業學校附近。明治十七年（1884），應該是你們大家還沒有出生之前我就來到了

---

❶　一橋：位於日本東京都千代田區。

這裏，原因是我那時沒能考上學。正當我猶豫不決時，這所學校落成了。而搭上最早一班車的就是我了，更準確地說，應該說我是其中的一分子。當時我們的教室（文科教室）位於主樓的最北頭，就是現在飯堂所在的位置，那大概是明治二十二年（1889）前後的事了。回想起來，和在座的各位相比，我們那個年代的學生十分粗暴，甚至可以說有不良少年的傾向。人人都自以為是地標榜要以國家天下為己任，當然也有人認為那是有魄力的表現。像我們這些上了年紀的人一說起現在的年輕人，就覺得自己年輕時特別了不起，但我卻從未如此覺得。以前我不那麼認為，現在當我站在大家面前時，我更不會那麼想了。我覺得在座的各位遠比我們那個時代的人要優秀得多。剛才速水先生還誇我如何了不得，但我覺得你們大家會更加有所作為。我們實則就是一些粗暴之徒，這裏我給大家舉幾個例子。首先聲明我此行的目的並不是為了講這些而來，我之所以要講，是為了對自己曾經所作的惡作劇表示懺悔，同時也希望大家引以為戒。我記得當時教室放有老師的講桌。那時我們課間常常會買些糖豌豆來吃，吃剩的便放進老師講桌的抽屜裏。我們有位歷史老師叫長澤市藏，我們給他起了個綽號叫做「卡帕德希亞」。這個綽號是有來

由的，我印象中好像是希臘的一個地名，現在記不大清楚了。因為長澤老師在教授希臘歷史時，一小時內會多次重複這個地名，大家便給他起了這個綽號。我記得這位長澤老師上課時，他總是要不斷地在黑板上重複寫這個地名。有一次，他想要找支粉筆寫字時，一拉開抽屜，滿抽屜的豆子「嘩啦啦」撒落了一地。當然，我們絲毫沒有侮辱老師的意思，也不是故意那麼幹的。只是當時補習學校的風氣如此。

現在大家在學校裏都會穿著木屐。我一直以來也都是穿木屐的。這裏就順便跟大家講講有關木屐的一個故事。我初到這所學校時，校長是杉浦重剛老師。那時他大概也就是二十八九歲，年輕有為，是學校的風雲人物。我入學沒多久，學校便張貼出一張「禁止在校內穿木屐」的告示。雖說理所應當，但我覺得沒有必要這般如此。所以告示貼出來已經過了一段時間，我仍照舊穿著木屐上學。有一天，剛剛過三點，我想著也不會有什麼人了，便大搖大擺地穿著木屐走在校園裏。可剛拐過走廊突然碰到了杉浦重剛先生。我並不是個不懂規矩的學生，雖說氣量不大，但還算是個循規蹈矩的人。這次偶遇讓我頓時不知所措。我只記得自己飛快地脫下木屐，抓在手裏一溜煙地逃掉

了。就這樣我才沒有挨罵也沒有被抓住。對於這件事我一直守口如瓶，未對任何人提起過，今天這是第一次跟大家說起。就在前不久，我有幸見到了杉浦老師，他也上了年紀。我向老師問及此事時，才知道自己一直誤解了老師。原來老師是大力贊成在校內穿木屐的，他認為貼出那樣的告示責任全在文部省。文部省對在學校裏穿木屐的事情喋喋不休，但這絲毫也沒有動搖杉浦老師的看法。聽老師說完這些我不禁為之一驚，禁不住問其原因？他便娓娓道來：「木屐僅有兩齒，即便在學校走多少路，也只可能在地板上留下兩齒的痕跡。而穿鞋的話可是從腳後跟一直到腳趾，也就是說整個腳底都會留下痕跡。如果要將這二者的污染程度進行比較的話，顯而易見是後者了。所以當時我大力主張穿木屐無妨，可文部省當局根本不理會這些，迫於無奈就只好貼出了那張告示。」他還笑呵呵地跟我說如果當時我沒有撒腿就跑的話，他一定會當面大加讚許，真是可惜！想當年杉浦先生也就是二十八歲，正是年輕氣盛的時候，想必也是大發言論惱殺了文部省的威風。所以大家可以試想一下那個年代，應該就能理解為什麼會有如此多的搗蛋學生，他們的劣跡比起當今時代的粗暴之徒有過之而無不及。他們會把火爐燒得通紅然後火攻老師，還會把教

室弄得一片漆黑，讓老師突然走進來卻不知身居何處⋯⋯
我就是經歷了如此種種之後才來到這所學校的。

我在這裏待了兩年，後來上了大學，之後很久也沒有回來過。然後我又去了國外，回國之後又輾轉回到了這裏。雖說不上是衣錦還鄉，卻是以教師的身分回到了這裏的。我的第一批學生就是現在的安倍能成他們這批人。後來我離開這裏，大學畢業後徘徊不定，漂泊在熊本做教員時所教的學生中就有在座的速水君。當時我也沒有什麼名氣，或者說還不懂得何為出名。總之從形式上來說我確實曾經做過速水君的老師。但因為本人不夠出色所以也沒能真正地教給他什麼，也就限於課堂上以師生相稱。坦白說當時我是剛到熊本，接手前任老師教授英語。當時用的教材似乎是埃德蒙‧伯克（Edmund Burke）的作品，十分晦澀難懂，是我十分厭惡的一類。即便是英語演說，只要英國人能聽懂的，日本人查查字典也基本不成問題。可這本書是個例外，當時教速水君時就用的這本教材。也許是出於這個原因，以至於我腦子裏一直有一個想法揮之不去，那就是自己不夠出色。從那之後我基本都是教授英語，也積攢了一些經驗。不過還是要利用今天這個機會跟速水君說明一下，雖說我的英語現在有所長進，但我還是搞不懂

埃德蒙・伯克的那篇論文。如果你不相信的話，可以自己教教看。講了這麼多廢話，真是浪費了不少時間。實話說，我就是為了讓時間過得快一些，才說這些事情的。應該也不是什麼大不了的問題吧。

接下來說說剛剛提到的演講題目的問題。我這裏還沒想出一個像樣的題目，因此希望大家聽完後胡亂給安一個吧。總之我覺得這個題目不能太過簡單，還要應該聽著高雅才適合吧。來之前我也想過此次演講的主題，但如前所述，時間緊迫，再加上又有客人來訪，完全沒有思考的餘地。加之所講內容也不值一提，不過還要耽誤大家一會兒功夫聽我一一道來。

最近我去參加了文部省舉辦的展覽會。大家都知道，鑑於職業關係，即便在談及一些一般瑣事時我也會常常引用一些文藝方面的例子或者從中引出話題。所以如果有朋友對此毫無興趣，我表示十分抱歉，但還是請大家體諒。那麼我們繼續剛才的話題，這次展覽會之行讓我稍有感觸，我覺得索然無味。大家知道，對於文部省而言，我又是批評他們舉辦的展覽會，又是謝絕他們所授予的博士稱號，為此文部省方面大為不悅。此次展覽會我也沒有公開發表相關作品。我想就此次展覽會上的日本畫說幾句。當

然，有關西洋畫的問題我也是有些發言權的。這個我們後面再談。

首先說說日本畫。可以說，在展覽會上展出的日本畫無一例外地讓人感覺索然無味。當然僅僅說是無趣讓人很難理解，具體來說就是太過平淡無奇。「技法出眾」的本意應該是稱讚手法很好，但我說的不是褒獎之意。我說的是過於的講求技藝，即過猶不及。那麼問題出在哪裏呢？畫家在繪畫時就像手工藝人一樣，僅憑手法而不是用「心」來完成的。我這麼說對於那些畫家們可能有些過於殘酷，因此我不願意公開發表言論。我絲毫沒有譴責那些畫家或者展覽會的意思，也沒想過要毀壞他們的名聲。只是覺得有必要發表一下自己的所感所想。此次展出的作品，件件都是沒有任何污跡、斑點，每一幅畫都潤飾加工得十分精美。其手法沒有五年十年的功底是完全無法做到的，但如果說除此之外還能看出什麼，我就無從回答了。如果用一種人來形容的話，我想紳士應該再合適不過了。何為紳士呢？就是一成不變。這不僅體現在他們的外貌，還包括其待人接物的態度及言行舉止。他們溫文爾雅，會伸手與人握手示好。下層社會的女性大都認為他們外形不錯，但僅憑藉外在讓女人著迷的男人是不光彩的。首先，外形好的

人很容易成為眾人的焦點，同時也擅長說一些客套話，既不會過於生硬又無傷大雅，除此之外他們乾淨俐落成熟穩重。這些固然不是壞事，畢竟和這類人接觸遠遠要好過那些野蠻之人或者稍稍話不投機就大打出手的人。我沒有譴責的意思，但如果僅此而已，是不能等同於人品問題的。之所以這麼說是因為那些做盡壞事的人常常會強取豪奪，即便不做違法亂紀的事，但也多行大逆不道之事。然而往往是這樣的他們一如既往地進出豪宅、開著豪車，待人接物依舊大方得體，讓人咋舌。可他們的人品又如何呢？絕大多數都無法讓人心悅誠服。這樣的人，我們就無法將之歸為紳士。實際生活中所謂的紳士似乎就是如此。當然其中不乏人品極佳的真正意義上的紳士，但至少有八成都是將人品拋在一邊，只流於禮儀等形式上的紳士。而文部省展覽會上所展出的作品大多屬於後者，即便此類畫作也不是任何人都畫得出來的。我完全沒有詆毀之意，當然也不含尊敬之情。只是覺得不夠雅致，想必大家看過之後也會深有同感。而所謂高雅，並不是畫畫富士山、釋迦牟尼像或者仙人之類的才算是高雅，即使畫匹馬或畫隻貓都同樣可以高雅。不論是花草樹木，抑或是多麼微不足道的事物，高雅之物俯拾皆是。可這種高雅之作卻全然沒有出現

在展覽會上。反過來說文部省展覽會實則是極度排斥此類作品的，他們要求展出的作品必須手法極好，無法達到該要求則無一例外落選。具體情況是否如此不得知曉。總之以上僅僅是我對此次展覽會的一點感觸，是我將展會上的畫與人，具體來說是紳士進行比較之所想。

下面我想說說後來我還去過的一個畫展。那是兩位留洋回國的畫家舉辦的。其中一位的作品以油畫為主，與印象主義畫派、古典以及 Rubens 風格頗為類似，屬於法國畫派。但從公平的角度來看，我認為那些作品沒有任何特色。他只是一味地在畫別人的畫，幾乎毫無自身的獨特之處。且不論技巧如何，這種作品想畫多少都無妨，只是如此一來便越發找不到自己的位置。而那場展覽會向人們展示的恰恰就是此類作品。接著我又看了另外一位留洋畫家的作品。他的畫作品質很好，讓人感覺十分踏實。總之是那種不論拿給誰看都不會印象太差的作品。我曾想買來其中一幅掛在書房做裝飾，但最終還是作罷了。之所以我願意買，是因為那幅畫屬英國風格，繪製得十分細緻，掛在書房作裝飾絲毫不會顯得突兀。但之所以想了半天最後還是沒買，是因為他的作品一看就知是模仿的，雖已具備了相當的功底，因此會讓人看著很舒服。然而，他的作品中

挑不出一件只有他本人才能畫出的作品。換句話說，我們可以選擇其中任意一幅作為家中裝飾，完全不用特意勞煩那位畫家，只要拜託其他人也能畫得八九不離十。

後來，我還去看了一位畫家的畫展，此人生活在日本，其作品的內容卻是外國的。上面說到的前兩場畫展分別是在帝國賓館和有名的「精養軒」飯莊舉辦，前去參加的賓客也大多是達官貴人，其中不乏身著長袖和服的年輕女子。我甚至在想，她們是否能夠真正看懂那些作品！而第三場展覽會則截然不同，首先舉辦地點在讀賣新聞社的三樓，觀眾也大多是像我們這樣的男士，有些看似奇怪的畫家，有些像是廣告中出現的人物，還有人身著長斗篷頭戴尖帽子，甚至有些看似來自荷蘭殖民地的人，總之都是些稀奇古怪的人。展出的畫作也大抵是相同風格。總之，前來參觀的觀眾中也沒看到一位華服奢飾的，總覺得與那些畫作似乎不夠協調。但有一點可以肯定的是，這個畫展的每幅畫都有畫家自己的特色。其中有一些顏色雜亂無章的畫作想必應該是半成品，為此我心中便不由地對畫者產生了同情，但同時更多的是敬佩。話雖如此，但他的作品也還不足以讓我產生將其買回家裝飾書房的衝動或念頭。

繪畫風格可謂各種各樣，我想就此談點我的想法。

無論是在文部省的美術展上參展的畫家或是從西洋學成歸來的那兩位畫者，他們似乎都沒有創作出有自己獨特風格的作品；而上面提到的那位日本的畫家，他雖然能做到這一點，但他的作品卻又都是一些半成品。以上僅限於我的感想。有關這點我們可以從哲理的角度進行分析，雖說有些牽強附會，但這樣一來更貼合演講的形式。主要問題就在於如何處理，處理得當的話這次演講尚能滿足大家的耳朵，反之就只能停留在這一層面。

人類是十分偉大的。我就這麼站在這裏，大家覺得如何？乍一聽有些莫名其妙，但我還是想聽聽大家的看法。速水先生可能會稱讚我是位了不起的人，可這不是我想問的重點所在。如果讓我觀察一個走在大街上的人，首先，我會覺得他是人類的代表，既不代表神也不代表獸類。而我也不例外，當我站在這裏時，首先代表了人類這一概念，也就是說我可以為眾多的人代言。這樣一來也許會有反對的聲音，有人會故意挑釁說你是隻貓！如果真是如此，我會堅定的回絕你我是人類的代表。想必大家應該沒有異議吧，好的，我們繼續探討。

但是如果你認為僅此而已就大錯特錯了。一個人在代表人類的同時，他還代表自身個體。乍一聽很無趣但事

實如此。我就是人類的代表，同時也為自己代言，既不代表你們，也不代表他們，我就是我，夏目漱石的代表。而此時的我不是一般意義的我，而是一個具備獨特意義的存在。我就是自身的代表，而不是其他任何人，其中包括我的父母及孩子。

這樣看來，人所代表的無非就是以上兩類。聽起來這種說法好像存在語病，其實應該說人可以一分為二。問題就出在這兒了，不解釋清楚就無法理解。

那麼，一個人作為人類的代表時具備何種特徵及性質呢？首先，我覺得第一特徵就是模仿。人本來就是相互模仿的動物，我本人也不例外。我就是模仿別人才有了今天的。我們家裏的小孩也特別喜歡模仿別人。我有兩個兒子，兄弟倆相差一歲，哥哥說要什麼，弟弟就要什麼；哥哥說不要了弟弟也作罷；哥哥要去小便，弟弟也跟著要去廁所……總之，弟弟什麼都要效仿哥哥，已經到了無以復加的程度，是一個名副其實的模仿者。

我之前讀過曼特伽扎（Paolo Mantegazza）寫的一本書，名為 *Physiognomy and Expression*，其中就有很多與「每個人都是模仿者」相關的例子。由於本人記憶力有限，這裏只舉二三例予以說明。例如大街上有人撐開陽傘，旁

邊同行的女性也一定會效仿。大多數人一般情況下都會如此。再例如一個人在路旁抬頭望天，人們就會三三兩兩地聚攏過來。那麼天上又有什麼呢？既沒有飛船也沒有其他東西！如果有人說天上有飛機的話，一定會有一大群人聚攏觀望，到那時也未必就不會真的在天上找到飛機。

我們不得不感嘆人類就是如此熱衷模仿的可悲的動物。人類的這種模仿活動始於孩提時代，模仿的範圍不僅限於以上所述瑣事，還包括道德、藝術以及社會等各個方面。當然流行之類的也在其列。我小的時候，東京人是從來不穿薩摩碎白點花紋布的，因為那時只有鄉下人才會如此打扮。可現在不相同了，幾乎所有的學生都如此裝扮，至於是出於廉價還是其他別的什麼原因便無從得知了。還有一段時期有人喜歡將白色外褂的袋子從胸前打個結然後搭在脖子上，於是便有很多人紛紛效仿。我們年輕時都是穿著一個圖樣的和服外褂招搖過市，並因為自己的時髦而暗中竊喜。可近來外褂的圖樣已經變成了五個，形狀也似乎呈現由大變小的趨勢，不知現在如何。我之前置辦的外褂的圖樣形狀都比較大，為了緊跟時代潮流，也一度選擇了較小的樣式。由此可見流行會推著大家不斷前行，但是並不是流行給人帶來了壓迫感，實則是大家在不斷地向流

行靠攏。作為一個模仿者，模仿幾乎可以算得上是人類的本能，是自然而然而為之的。就像現在我們穿的這種西裝，二十年前的款式就很難再穿出來。前一段時間我倒是看到有人穿，不過確實不怎麼好看，有些不合時宜。再者，翻看二十年前的女性照片就更是滑稽，本來自己沒怎麼覺得，但仔細一看才發現，原來都是過於注重模仿的結果。因為人們對於不同於自己或別人的事物總會不由得感到奇怪。以此類推，不論道德還是藝術均如此。類似的例子舉不勝舉，由於時間有限在此我就不一一贅述了。總之，人類之所以如此熱衷於模仿，都是出於自己自願，而不是迫於壓力，也就是說是出於喜好而為之的。

同理，社會上現有的法律、法則等都是源於外部的用於約束人們行為的東西。在座的各位也一直在接受著這種「眉毛鬍子一把抓」的教育，但是如果不這樣做很多事情都難以處理，因此也是迫不得已而為之的，也就是說作為一種約束以維持教育的順利進行。而所謂的約束、法則等同樣適用於社會禮儀以及政治。例如吃飯時不能狼吞虎嚥，這就是所謂的法則吧。接下來就是道德法則，這一點更是自不待言，就像借錢要還一樣。同樣藝術也有法則，這一點無論是從以往日本畫、能樂或者戲劇舞蹈中都有所體

現，死板、嚴格、繁瑣且不可變動。這裏原本可以舉很多例子加以說明，但無法一一舉例。不過省去例子的話勢必顯得枯燥無味，但我會儘快結束。

所謂的法則存在於社會、道德以及法律之中，而最嚴格的當屬軍隊了。即便是藝術也具備相應的一種法則，而大家一直都在接受著來自外界的種種束縛，並默默地遵守著這一切。一方面人們都不由得想去模仿別人；而另一方面礙於法則，又不得不屈服於別人的壓迫順其而行。基於以上兩種原因，人們已經失去了原本的特殊性，呈現出平等化的趨勢。從這個意義上來說，我完全具備為全人類代言的資格。

而我在代表人類的同時也代表我本身。而從這一點出發的話，就應該將重點放在自主性而非模仿上。每個人想法各異，不能人云亦云看別人做什麼就都蜂擁而上。例如，別人早餐喝粥我吃麵包；別人吃蕎麥麵我吃烤年糕；你吃三碗我就吃五碗 …… 種種類似的事例都不是模仿，反倒還常常出現故意為之的，這樣則是萬萬不可取的。這個世界上有很多奇奇怪怪的人，他們總覺得普通做法太過乏味，所以總要和大家背道而馳。其中不乏有些人為了做廣告擴大影響，不惜從一些普通小事中大做文章。於是有

人試著蓄起了頭髮，還有人冬天卻戴著夏天的帽子。諸如此類情況在這裏的學生中比比皆是。但其中也不排除出於漫不經心而為的情況，總之那些故意在冬天戴夏天帽子的學生可謂是真正的怪人。而我在這裏所說的獨立性首先要去掉上述的「故意」，其次還要去掉「怪人」，自己沒意識到的情況也排除在外。那麼何為獨立性呢？所謂的獨立傾向是人與生俱來的。人類所具備的傾向一方面是模仿，另一方面則為獨立自尊。要予以區別的話，可分成刁滑之人、老實人，以及原本不會藏奸耍滑但因為不了解情況而偷懶的人，這類人本應早晨八點起床，卻往往一覺睡到自然醒，睜眼已是十點左右。這自然歸屬於自主性，但無疑不是件好事。雖說是任性耍滑，但也是天然使成，可以將之歸於自主性，但這一點是必須要剔除的。最後剩下的就是大家常常說的誘惑了。大部分人都希望能和大家步調一致，但是我即便受到這方面的誘惑，也無法順應它。就像是讓一個腿腳殘疾的人去參加軍事訓練，無論如何他也無法做到和大家步調統一，而對他來說是心有餘而力不足。這就是所謂的自主性，但它不是體制上的一種需求，而是精神上來自內心的一種積極需求。這有可能體現在道德、藝術等方面，而說到精神方面的體現，這裏舉一個老套的

例子加以說明。眾所周知，和尚是不能吃葷娶妻的，但真宗是個例外，信奉真宗的和尚自古以來都可以吃肉娶妻。這可謂是思想上的大革命吧。現在想來，如果當初親鸞上人沒有如此偉大的思想和魄力，沒有如此強而有力的思想來支撐，最終是無法實現這麼宏偉的變革的。換句話說我們必須要承認親鸞上人是位十分獨立自主的賢士。既然決定要做到這點就要求他一開始要有足夠確鑿的穩固根基，同時還要認定自己堅持的道路奮勇前進。並不是說他想和大家保持一致，但轉念一想又覺得無論如何也要吃肉娶妻才如此努力的。不論當時抑或是現在都是如此。他不僅要聲明「要娶妻吃肉」這一言論同時還要身體力行，堅決執行。至於會遭受怎樣的迫害便不得而知，但對於這些所謂的迫害首先要無所畏懼，不然又如何做一番大事業。這種時候才恰恰能體現一個人的自信以及臨危不懼的精神。正是擁有可以震懾大眾的威力和魄力，他才能如此成功。因此親鸞上人在代表人類整體的同時，也是一個顯著自我的代表。

剛剛所舉之例稍顯陳舊，這裏再舉一更新的例子加以說明。有一個挪威的劇作家叫易卜生（Henrik Ibsen），眾所周知他主張的道德主義不同以往，認為古來有之的道

德一無是處，原因是這些言論往往都偏向男性。他指出舊有的道德完全不重視女性，而是作為強勢群體的男性濫用權力為自己謀取方便而制定的一種制裁或者說法則，同時無情地將女性這一弱勢群體監禁在牢籠之中。因此易卜生將道德分作兩類：男性道德和女性道德，這在他所著作品中也有所反映。其中最著名代表作為《娜拉》，這部作品將易卜生作為人類代表的同時也為自身代言的特徵發揮到了極致。這就不是模仿，我們不能因為古來有之的道德如此，就強迫自己認為它是正確的並且隨波逐流。這不是真我的體現，每個人內心深處都有一個更加剛烈的自己。為此易卜生受盡了迫害，而他也確實是一個懷才不遇的人。不僅如此，與其說他作為全人類的代表，不如說他更多時候代表的是其自身。於是他離開故國四處漂泊，即便是偶爾回國也會招致不好的影響，為此他鮮少回國。偶爾回國的他由於無家可歸也只能在旅館借宿。當時丹麥著名文學史家勃蘭兌斯（Gerog Brandes）曾提議為他舉辦一次歡迎會，卻被易卜生婉言謝絕了。因為大家難得相聚一次且只有十二個人參加，勃蘭兌斯最終還是說服了易卜生。為了省去不必要的麻煩，歡迎會特意選擇在易卜生當時投宿的賓館，就類似於現在的帝國賓館舉行。當天勃蘭兌斯看著

時間差不多時，便前去易卜生的房間。他敲門詢問易卜生是否換好衣服，不想他身著一件襯衫，說根本沒帶衣服，也不打算換。俄國一帶即便到了冬天室內溫度也有二十多度，在家看書時脫掉外衣倒是無妨，但外出時還是要穿上外套的。「襯衫倒也可以，只是大家都是穿著燕尾服前來參加的⋯⋯」勃蘭兌斯話音剛落，易卜生立即回應道自己根本就沒有隨身攜帶燕尾服之類的，如果非要如此就謝絕參加。勃蘭兌斯只好對他說「受邀請的各位都已到齊，如果此時主角不露面實在難以收場」，聽罷，他才勉強同意去。當時還有一個問題。之前說過的參加人數定為十二人，可後來增加到了二十四人，易卜生知道了又不願前去。總之，勃蘭兌斯為了讓易卜生出席當天的歡迎會絞盡了腦汁，有關這點他也曾在自己的作品中有所流露。歷盡千辛萬苦總算把易卜生請到了歡迎會現場，不曾想這位老朋友卻一臉不高興，席間一直默不作聲。類似此類的軼事趣聞還有很多，由於時間關係就說到這裏。可見，無論是代表人類還是獸類，首先易卜生代表的是他自己，或者更為恰當地說他非常有自己的風範。總之他就是如此特立獨行的一個人。這些話乍一聽顯得有些幼稚，但從當今易卜生的道德見解來看，我們不得不說他確實是站在模仿的對立面。

因此我們說人可分成兩類。模仿和獨立看似是紅白對立的兩個面，實則每個人都兼具這兩面性。把人分成兩類中的某一種類型，完全是大錯特錯的。果真如此的話就意味著其中一方只具備單方面的特徵。持此觀點的話，問題就討論不下去了。我們說的有兩類人，實際是說人具備兩面性。即便再特立獨行的人也具備模仿因子。站在模仿的角度來考慮，何謂模仿者呢？因模仿其實是對人的模仿，故模仿性一方自然在自我方面有所缺失，或者說即便有自我也缺少將其堅持到底的強烈勇氣。與之對應，自主性一方當然擁有自身的一定標準。這些標準往往是理想化的、超凡脫俗的，他們將其視為自己不可分割的一部分並將其展現出來加以貫徹實行，若不如此便寢食難安。自己的與眾不同即便不被別人認同或受到責難，甚至讓別人覺得古怪都不重要，關鍵在於他們總是堅定信念堅持到底。這類人往往是自主性過強，如此便無法和其他人步調一致，給人一種很難相處的感覺。舉例來說，你要約他去澡堂洗澡，他會告訴你他要在家沖澡；問他要不要去散步，他會說要留下來打坐；問他要不要吃飯，他會表示自己要吃麵包。這種過於自主獨立的人會讓人不知所措，甚至與他們共處一室都十分困難。這種讓別人很難受的特立獨行的人

會不會覺得自己很可悲呢？當然不會。他們根本不會想這些問題，這才是真正的自主之人。與那些模仿之人、缺乏自我標準、不妨礙他人便安心的人相比，他們擁有自我這一點就應該得到大家的理解和尊敬。總之，我覺得應該理解寬恕那些自主之人。

　　一直以來我都持有以下想法。那些偷了東西受到懲罰的人以及因為殺人走上斷頭台的人，他們都觸犯了法律。而法律上的罪行實則為道義上的罪過，一般都會公開處刑。但如果能將犯人的犯罪心理路徑真實地展現出來，從而讓人們對此印象深刻，那麼所有的罪過便足以一筆帶過。而能讓我想到實現它的最好方法就是描述真相的小說。如果真的有這種人，那麼即便他犯下滔天大罪，只要能毫無保留地寫出真實情況，僅憑這些他就足以修成正果。眾所周知犯法必服刑，但真能如上所述，我覺得憑藉他寫的東西就足以贖罪。我一直深信如此，但這並不意味著這個社會就不需要法律或無須服刑。總之我認為，即便其所寫之事在一個局外人眼中再怎麼瘋狂或者不堪，或者其行為多麼大逆不道，只要他將經過一五一十毫無保留地呈現出來，就是他贖罪的最好證明，也應該獲得大家的寬恕。而這恰恰與前面所述的不扭曲自主性的主義標準就應

該獲得大家的寬恕是一樣的道理。

如此說來自主之人或許應該受到寬恕或尊重，但同時也要求其自主精神必須十分強烈。不僅如此，還必須具備有深厚背景的思想、感情。如果其背景過於薄弱，一旦擅自濫用自主性，不但無法取得成功，還會給社會平添弊害。

這裏有必要對「成功」之意予以說明，也需要對所謂強而有力的背景作解釋。強而有力的背景其實並無特別之處。譬如說我斷言、宣佈並實施一些違反社會慣例的行為，可是如果這些事情毫無根底，只是對我個人來說會有一個必然結果或者是有必要的，卻無益於他人，那麼我的所作所為一定無法帶來的相應的反響，那麼我就只是文字意義上的「自主」，我只能終其一生流於形式上的自主。更甚者有可能傷及別人的情感，甚至還會使所謂的法則產生波動，從而只會給更多的人帶來不快。那麼，必須具備的強而有力的背景又為何物呢？譬如說極具個人主義的法國革命或者是日本明治革新就是最好的實例。雖然此時掌控天下的德川家勢力不是那麼強大了，但畢竟其大權在握，僅以架空天皇不合常理為由推翻幕府，其背後是擁有人心，擁有人們對之的同情之心。若非如此就只能注定失敗。因此，恣意的自主是萬萬不可取的。人的覺悟是一步

步培養起來的，遲一步則步步遲。一旦合適的時機到來，就意味著你命中有此，因此必須要搶先一步從中獲得啟發。這或許就是所謂的深厚背景，如果欠缺了這一點就無法成功。

　　剛才所舉成功之例都是歷史性的，為了避免大家的誤解，這裏再舉一淺近之例。眾所周知，發生學校暴亂時往往會更換校長，當然我說的不是這所學校。隨後就會有新的校長接任並著手平息這場暴亂。屆時當然需要制定各種方案、計劃等，改革也在所難免。如果進展順利，那麼他就算成功了。這裏所謂的成功，指的是其做法即便稱不上是革新、改革或者整頓，只要結果喜人就會被認同是成功且了不起的。但相反地如果暴亂越演越烈，那麼此人所做的一切都將受到譴責。可見，用同樣的方法做同一件事，最終成功與否要看結果，收效良好便是成功，反之就是此人做法欠妥。總之沒有人會去關注你的實際做法，只會看結果論成敗。但我所謂的成功不是這種單純意義上的成功。即便從結果來看是失敗的，只要所行為善事，讓大家為之同情和尊敬，就是成功。這就是我想說的成功。即便被釘在十字架上刺死也是成功，當然這或許算不上是積極意義上的成功，但無疑也是成功。從暫時意義上來看是不

帶宗教性的。大家都知道乃木先生死了，但他的死卻是出於自己的一片赤誠之心。雖然隨之有很多人紛紛效仿並產生了一些不好的影響。而且其中很多人都只是流於形式，根本沒有領悟其死的精神。因此我們不能因為這些就否認了乃木先生的成功。因為他的行為至誠至真，相信在座的各位也為之感動，所以我覺得這就是成功。而我們剛剛也說到實現自主性是可行的，只是一定要是具備深厚背景的自主性，否則還是無法成功。我指的就是這種意義上的成功。

我們一直在講人可分為兩類，也就是所謂的模仿和自主。一方追求統一，此類人時不時模仿別人，偶爾又會陷入法則的牢籠之中。另一方則嚮往獨立、自由的道路。如此才形成了人類的多樣化。雖說每個人都具備如此兩面性，但至今為止所謂的修正、改革、革新等，如果缺乏獨立自主意識的人就無法鑄就相應的豐富知識、感情以及經驗基礎。而這一點如果無法實現，每當人們回首過去就會不禁感嘆歷史的貧瘠，可想而知他們給我們帶來了多麼豐富的體驗。從這個意義上來看自主性是十分必要的。我並沒有排斥模仿的意思，只是覺得僅僅將這種與生俱來的高尚品質就如此剔除的話，就會導致心靈發展的停滯。而所

謂的心靈發展就是代表自主性的上進心，是源於自由的情感，因此我們大家都有必要加強這方面的修養。當然不必如此也照樣可以生存下去，或者說內心毫無此種需求，就沒有必要在表面上下功夫。有些人如果僅靠模仿就能達到目的那就大可繼續如此，而那些積極自主工作的人也只須按照內心的想法去做即可。明明擁有自主的資格，卻將之拋在一旁置之不理著實讓人可嘆，因此自主意識強的人就應該不斷提升自我，這對個人、國家或者社會來說無疑都是一種福氣。

再重申一遍，我並沒有批判模仿的意思，畢竟一個人無論如何也無法從人類這個整體中脫離出來，也無法將自身剝離，沒有人能憑藉一個人的力量開闢新的道路。即便是畫家也不可能一直都可以創作出新的作品。著名印象派畫家高更（Paul Gauguin）是法國人，但卻擅長畫野蠻人。他出生在法國，隨後去了蠻夷之地。但之所以能有如此成就也要基於在法國時的閱歷及基礎。一個人如果之前沒有看過其他的繪畫作品，是無法從中受到啟示的。而我認為得到啟發和模仿又有所不同，啟發可以發展為模仿，反之模仿卻從根本上不同於啟發。

模仿實則為外界強加性的法則、規則，但也不能任意

毀壞，一旦失去必然就會自然消亡。只是要根據利益及存在意義的大小，有可能會比預期提前十年，也有可能推後十年自行消亡。要麼就是原型或者模仿的一方較早消亡，而實則是沒有太大差別的。因為我們不能主觀片面地批判哪方不好，因為雙方都有各自存在的理由。特別是面對像大家一樣受過教育的人時，如果拋去規則就難以收場，軍事訓練亦是如此。有些人即便孩提時代對父母言聽計從，隨著年齡的增長，其獨立自主的一面也會隨之發展。當然這種發展也是適可而止的，所以我們不是一味地主張和強調自主性。

雖說近來整個社會似乎更趨於認同自主性。但根據目前情況來看，還不能摒棄學校規則隨心所欲，那是另一個層面的問題。從日本現狀來看，應該將重點放在何處？我認為應該把重點放在自主性方面，並且做好充分的思想準備奮勇前進。我們日本人自詡為熱衷模仿的民族，事實也是如此。過去我們模仿中國，現在又跟隨西方人的腳步。究其原因，我覺得是因為西方比日本發達，所以自然便成為被效仿的對象。如果遇到自己仰慕已久的人物，想必自己也會憧憬成為他那樣的人。我不知道在座的各位年輕人是否會有同樣的想法，假設大家也如此認為的話，那麼要

到達和他們同一個高度就勢必要沿著他們走過的路重新來過，同理大家自然就會聯想到要追上西方國家日本也要經歷同樣的歷程。但仔細想來，摒棄一味模仿轉為自主創新的時代是不是應該到來了呢。我想應該是吧。

　　日俄戰爭也是反映自主性的一個極其典型的例子。如果稍稍過度或許就會招致失敗，但它卻適可而止了。雖然沒有收穫戰爭錢款，但是軍人的自主性在這場戰爭中得到了充分的印證。而我認為證實日本藝術較於西洋藝術更具自主性的時機也已成熟。日本動輒就犯恐俄症，甚至畏懼中國，對此我表示鄙視。因為根本無須畏懼，當然我說這些是為了鼓勵大家。還有人說看過一些雜誌上刊登的日本人寫的作品，幾乎無法和西方相提並論，這都是無稽之談。我寫的小說也經常在雜誌上刊登，當然這裏不是說我的情況，請大家不要誤解。除此之外，出自文壇大家之手的作品大都十分了得。既不是他們口中的殘次品，也一點不遜於西方作品。唯一就是橫版、豎版印刷的差別。有人認為橫排版設計讓人感覺更為巧妙，而這純屬誤解。我們明明自身具備獨有的特色，不但完全意識不到，反倒盲目地崇拜西方。基於以上情況，我覺得我們應該自主一些，即便無法擊敗西方國家，但至少不要盲目效仿。同時這不

僅限於藝術，例如我個人與文藝結緣頗深，常常從中引發一些例子。而且從其他方面來看也未必趕不上別人，資金方面或許會存在問題，但頭腦方面我堅信是沒有問題的。在座各位也都受過大學教育，為此也會變得更加自主，所以說你們一定會成為真正意義上主宰未來的新人，而舊調重彈的新事物則是萬萬不可的。

總之要說孰輕孰重，當然是兩個都很重要。每個人都有表有裏，我站在這裏既代表我自己也為人類代言。我認為必須具備這兩面性才能稱得上是真正的人。而就目前日本情況而言，與其跟在別人後面謀求所謂的「和諧」，不如我們應該更積極自主地做些實事。

看完文部省的展覽會，總覺得其中缺乏了一些自主性的東西，因此此次演講就把重點放在了這裏，希望對大家能有所參考。

（出自第一高中校友會雜誌所刊筆記）

大正二年（1913）十二月十二日於第一高中

（鍾倩　楊曉鐘　譯）

現代日本的開化

——明治四十四年（1911）八月於和歌山

炎炎夏日，卻有如此多的聽眾聚集一堂前來聽講，想必大家一定十分辛苦吧。我聽說昨天也有過類似的演講，果真如此的話，那今天的演講即便再有新穎之處也會猶如過氣的流行，難以引起大家的興趣了。從這個意義上講，真是難為大家了。不過，站在演講者的角度來看也不大輕鬆。尤其是剛剛牧先生在介紹時說我的演講富於變化，並給予了頗具廣告性的讚辭，這麼一來我便成了為了給大家展示妙趣橫生的演講才登台的。如果大家無法感受到妙處所在，我都沒什麼臉面下台了。這麼看來，我現在是深陷困境了。

實際我剛剛上台前和牧先生打過商量。本來是私下的話，但索性還是告訴大家吧，反正也算不上是什麼秘密。因為今天演講時間較長，我擔心準備的材料不足，因此剛剛拜託牧先生希望他能稍微多講一會兒。牧先生爽快地答應了我，我如願以償心裏的一塊石頭終於落了地。可是不曾想牧先生剛一開始就對我的演講做了短評，這本是難能可貴的事情，我當心懷感激才是，只是如此一來確實增加了我的演講難度。提出那樣不合情理的請求，反倒受到如此禮遇，我現在最需要做的事就是立即拿出妙趣橫生的素材直奔演講而去才對，然而我的確沒有靈丹妙藥般神奇的

素材。當然，話雖如此我並非是毫無準備就稀裏糊塗地登上這個講台的。原計劃並沒有安排我來和歌山，因為我自己提出希望去近畿地區看看，為此公司才分派我來了和歌山，恰好我可以藉機探尋一下這片未知地的土地及名勝，於是便有了這樣一次演講。哦，不對，我應該說主要還是演講，順便有幸可以走訪玉津島還有紀三井寺等地才對是吧？總之，我怎能空手而來呢。其實我在東京時就已事先想好了此次演講的題目了。

我這次演講的題目為「現代日本的開化」，其中「現代」二字放前放後均可。於我來說，「現代日本的開化」和「日本現代的開化」是無甚區別的。無疑是在「現代」、「日本」、「開化」三個詞之間加一個「的」字作為修飾而已。其實簡單來說就是講講現今日本的開化。要是有人問這個開化要如何開展，我恐怕無從作答。我是想對開化一詞作以說明，然後聽聽大家的高見。或許又會有人問，對開化進行說明又能如何？我個人覺得大家對於現代日本的開化還不大了解。或許這樣說有失禮數，但我覺得一般日本人對這一點似乎都不大理解，即便是我自己也沒有了解得十分透徹。可是和大家比起來，我有相對較多的時間對這個問題進行思考，所以想藉此機會跟大家談談我的想法，同

時這也是此次演講的主要目的所在。

我們都是生活在現代的日本人，大家很清楚不論與過去還是未來的人相比，我們都是受到現代開化影響最大的一代，所以說「現代」、「日本」、「開化」這三個詞都和我們有著密不可分的聯繫。如果大家對於現代日本開化漠不關心或者說還沒有清晰地認識的話，一定會時時感到困擾的。因此，我覺得我們大家應該互相學習，儘量去搞個明白。我這麼說可能聽著會覺得有點過於學究，但是我認為有必要把「日本」、「現代」這些修飾詞去掉，單獨將「開化」一詞拿出來探討一下其本質。大家每天都要重複使用「開化」一詞，但如果深究「開化」到底是什麼的話，我們會發現它和至今為止我們了解的開化一詞的意思竟然有所不同，它還包含一些籠統、模糊的意義在內。為此我想首先從「開化」一語的定義著手。

如果在下定義時稍有不慎就會釀成大錯。複雜點說，如果是為了下定義而下的定義，那麼就會變得像漿糊工藝一樣生硬。每當看到那些將事物的複雜特性簡單化的學者們所下的定義，我常常不由地會對他們的能力及才智產生欽佩之情，但同時也為他們的無知而感到遺憾。其中的不利之處簡單來說，就是他們將本來很鮮活的東西硬生生地

塞進了棺材。當然在幾何學中，將圓心到圓周距離相等的圖形規定為圓的定義是沒有問題的，且不論從定義之便以及弊病方面考慮都是無可厚非的。但是，如果在說明現實社會中的圓形物體時，人們會自然而然地在腦子裏畫一個理想的圓。因為歷來如此則亙古不變，放之四海而皆準。除此之外，四角形、三角形既然作為幾何形狀存在，就有其對應的定義，一旦定下來就很有可能不再發生變動。而不幸的是在現實生活中極少存在恆定不變的圓形、四角形或者三角形，特別是自身具備活動力而生存的物體其變化消長無處不在。今天是四角形有可能發展為明天的三角形，而明天的三角形又可能會化作圓形。總之，並不像幾何學一樣先有定義隨之按其製作出物體，而是先有物體，隨之才會有與之對應的對該物體進行解釋說明的定義，因此該定義是在預測該事物的變化的基礎上確立的，當然如此一來定義難免死板僵硬。這就類似於對面剛好過來一輛汽車，假設我們在汽車運動的瞬間拍了一張照片，這樣的照片其實這很難說明汽車的運動性質。拿著這張照片逢人就說這是汽車、這是汽車，就相當於將整輛汽車都定格在一張照片中。從照片來看，確實這是輛汽車，可是從中卻無法看出汽車的運動性，因此不得不說這和實際的汽車有

懸殊。大家都知道琥珀吧。琥珀裏面時而會有蒼蠅，透過一看確實是蒼蠅，可嚴密點應該說是動彈不得的蒼蠅。不能說它不是蒼蠅但絕不能說是活著的蒼蠅。而學者們所下的定義常常類似於這張照片中的汽車、琥珀中的蒼蠅，原本看著很鮮活，卻被定義得很生硬。因此在下定義時要十分注意，也就是說要準確地抓住事物的變化予以定義。例如，規定巡查要身穿白衣並佩有軍刀，可是並不是說他們在規定巡查的那一天一分鐘不休息地巡查，他們總得回家換換衣。再炎熱的天也必須佩帶軍刀的話，豈不是太辛苦？再例如騎兵就指騎馬的士兵。這個定義當然沒錯，但即便是騎兵也不可能一年三百六十五天天天都騎在馬上，他們也想下來走走的吧。如此例子舉不勝舉，所以就此打住。原計劃是要給「開化」下一個定義，不知不覺地卻把大家捲入到這樣一個複雜的定義論中，我表示十分抱歉。但是，如果能注意到以上所講的幾點，至於何為「開化」這個問題，我們至少可以做到避免一些學者易犯的毛病且從中獲益。

我們再回到「開化」這個話題，所謂「開化」，和我們剛才說的汽車、蒼蠅、巡查、騎兵一樣，都是不斷變化著的。因此我們不可能將開化的一瞬間準確地定格為照片，

然後將之作為開化拿著到處宣講。我昨天參觀了和歌海灣，去過的人中有人說其波濤洶湧，另一方面也有人說那裏很安靜。那麼事實究竟如何呢？仔細打聽才知道，一個人是恰逢波濤洶湧的時候去了那裏，而另一人則是沒什麼波浪的時候去的，這樣一來自然說辭迥異了。因為都是親眼目睹，所以雙方所說都不是謊言，但也不全對。同理，類似這樣偏頗的定義也要不得的，因為它在發揮作用的同時也會帶來弊端。因此，我希望在探討開化的定義時要儘量避免這樣的片面性。這樣一來，定義往往會顯得比較模糊，很遺憾當不得不模糊，只要能達到與其他事物區分開的程度就可以了。正如牧先生剛才所介紹的，夏目先生的演講就和那篇文章一樣偶爾會繞來繞去令人厭煩，為此我表示非常抱歉。繞了一大圈現在終於繞到正題了，接下來我們正式探討開化的定義。

開化是體現人類生命力的路徑。不只是我想這麼說，或許大家也都會這樣說。我只是覺得如此才這麼說的，並非參看了什麼書籍，因此沒有新奇之處。這樣的定義顯得過於籠統，前面喋喋不休講了那麼許多，最終只能得出如此定義難免會讓人有種被愚弄的感覺。但如果不從此著手定義的話，又會使得定義含糊不清，這樣定義也實屬無奈

之舉。

如前所述，人類的生命力會隨著時間的流逝逐漸體現出來，並且慢慢形成開化。我認為在這個過程中存在兩種性質不同的活動。

其一為積極的事物，其一則為消極的事物。做出如此平庸無奇的講解我表示十分抱歉，這裏我所說的體現人類生命力的積極性一詞，意指能量的消耗。與之相反的則指用於防止能量消耗的活動及方法策略等，相應的我們稱之為消極性。這兩者互不相同，活動規律也雜亂無章，也正是在這個過程中出現了開化。說到這裏大家不免覺得還是有些抽象，或許聽起來還是雲裏霧裏的，但我相信隨著我的講解大家自然而然就會了解。原本所謂人類的生命就被解釋為各種意思，而且十分複雜難懂。總之如前所述，凡是只能通過判定生命力的體現、發展及持續而毫無他法的事物，只要我們仔細觀察生命力對於外界刺激的反應，由此就可大致了解人類的生活狀態。而這種大多數人聚集在一起自古至今所呈現的生活狀態就正是所謂的開化，這一點無須重申。由於外界刺激十分複雜，為此我們的生命力應對時的反應也是千差萬別。整體來看可以歸為以下兩種：其一為刺激到來時儘量節約生命力不浪費；其二則是主動

前進尋求適當的刺激，同時儘可能消耗所承受的生命力以求得快感。為了方便起見，我們將前者命名為節約生命力的行為，而後者則為消耗生命力的行為。而說起這種節約生命力的行為會在何種情況下才會發生，我們可以冠之以我們平常使用的義務一詞，也就是說在面臨可描述性刺激時即會發生此行為。歷來的德育法以及現今教育方面似乎都十分鼓勵大家履行義務、敢做敢為。不過也僅限於是道德層面的，或者說如此這般的話社會將充滿幸福。而要說起通過觀察人類生命力的降臨來掌管該組織一切這個事實的話，似乎只能按照我剛才的這種解釋理解。我們自始至終認為彼此之間必須要互盡義務，而且履行義務後會心情舒暢。但是深入其內幕來反省的話，就會發現我們深藏內心根深蒂固的想法卻是：希望儘早擺脫義務的束縛恢復自由，面對迫於無奈不得不做的工作時儘量壓縮從簡處理。而這種秉性也就是節約生命力的方法，同時也是構成開化的一大動力。

就這樣消極節約生命力的努力和積極地任意消耗生命力的精神共同構成了開化。理所當然地其表現方式又會隨著世界的發展日趨複雜，而要簡單說明開化具體體現在哪些方面的話，通俗來講就是針對被稱之為消遣的刺激所

做的反應，如此解釋最為簡單易懂。說起消遣的話眾所周知，諸如釣魚、打台球、下象棋、扛槍狩獵等舉不勝舉。而這些消遣並沒有受到任何人的強迫，都是當事人自發地去消耗自身體力且樂在其中。再深入一點來看，此種精神無論是在文學、科學、哲學等領域同樣適用，乍一看讓人覺得複雜難懂，實則都是消遣的體現。

我認為對義務刺激所做的反應即積極地節約生命力，以及對消遣刺激所做的反應即積極地消耗生命力，這兩種精神相互推進同時發生錯綜複雜的變化，才形成了如此複雜的開化。至於最終的結果只要看看我們所生存的社會實況就會立即明白。所謂節約生命力其實就是要儘可能減少勞動量以便在少量時間內發揮更大的作用。長此以往火車輪船自不用說，就是電信電話汽車都消受不起。究其根源也不過是避免麻煩的僥倖心理作祟的權宜之計而已。當被告知從和歌山出發去和歌海灣時，如果有可能的話誰也不會願意前去。但是如果是非去不可，就會想著儘量輕鬆一點，早去早回。也不想讓身體太過勞累，這樣的話自然要用上人力車了。再奢侈一點應該就是自行車了吧，再說得帶勁點就是電車、汽車，甚至有可能是飛機。話說回來，即便是有電車、電話等設備，一年之中也會有那麼兩三次

由於興之所致想要步行前去，這就是甘願通過運動的方式勞其筋骨的例子。而我們每天散散步大致就可屬於消耗生命力，也是積極對待生命的一部分。如果恰逢此種興致接到命令自然剛好，但往往事與願違。一般人都不想多走，為此就想方設法儘量減少走動。如此一來訪問就變成了郵件，郵件又變成了電報，後來索性變為電話。歸根結底我們也許可以說這是一種人們在生存需要之上不得不做一些事情之時，通過某些手段使得自己如願以償的自私想法。或者說我們可以認為那種不辭辛苦工作以維持生活的做法太不合算，甚至是無稽之談，而最終的結果就是像怪物一樣搖身變成了精明能幹的器械。

　　而這個怪物可以縮短距離和時間，省去很多麻煩，能將所有義務性勞動降到最低限。同時在勞動消減後還不知道將之推向何處時，它本身所具有的被稱為消耗生命力的消遣秉性便會盡其所能自由發揮，同時還會不斷地發展、前進。這種消遣秉性的發展如果讓道德學家來講或許是不可理喻的吧，但在道義上則不會成為事實。從事實大局來看，在自我享受生命力的同時加以消耗的精神是無時無刻不在運作並發展的。本來就是先有社會才會出現義務性的勞動，如果人類連這一點都放棄的話，無論身在何處

都自然地立足於自我為中心，為此面對自身喜歡的刺激而不斷消耗精神或者體力將是不可阻擋的趨勢。當然對於自身喜歡的刺激做出反應自由地消耗體力未必是件壞事，但消遣如果僅以女性為對象就不能稱之為消遣了。自由地進行模仿涉及開化允許範圍內的方方面面。如果想要畫畫就盡情地畫；想看書時也可以盡情地閱讀。或者說如果誰的兒子聲稱自己好學，完全不顧及父母的想法，只知悶頭看書，父親即便是花光自己的工資也要想盡辦法為兒子籌集學費，然後希望等孩子畢業後能儘快退休。而孩子卻對自己的生計漠不關心，信口開河說要發現世界真理，整日裏坐在桌前鬱鬱寡歡。父母為了生計還要考慮學習技術，而孩子卻只認可用於消遣的學問。如此看來生命力的消遣對於任何一個道德學者來說都是無法杜絕的。而談及當今社會上生命力發展如何，又是如何體現的這一問題，我覺得即便是那些根本無法認同在這個競爭激烈的當今社會中會存在消遣而致力於父業的人，只要稍加留意都會對之予以肯定的吧。我昨晚住在和歌海灣，到海灣一看，有垂松、菩薩像以及紀三井寺等等，還看到從旅館內通往石山山頂的電梯，上面寫著「東洋第一海拔二百尺」的字樣，很多人乘坐它上上下下遊玩參觀。而我也是其中一員，就像公

園的熊一樣鑽進那個鐵柵欄隨之爬上了山。但如果它在生活中不是那麼地不可或缺，就彰顯不出太大的重要性，充其量也就是讓人覺得好奇而已。說白了也就是上上下下而已。這無疑是消遣心理的體現，或許其中也有好奇心及廣告的作用，總之和生活無多大關係。以上只是其中一個例子，但我們或許必須認識到開化的發展過程中諸如此類的奢侈之物會越來越多，而且這種奢侈還會日趨細微。好似是大的物體上又加了車輪像漏斗一樣越來越深，與此同時還會一年一年逐漸滲透並擴展到我們還尚未注意到的方方面面。

總之，以上所說的兩種錯綜複雜的路徑，即出於實現節省勞力的目的而誕生的各種發明及器械，以及可任意消耗能量的娛樂方面。兩者正是經歷了縱向橫向的錯綜複雜的變化，才會形成現今如此混亂的開化。

如果將之稱為開化，那麼我要試著講一種反論，乍一聽有些奇怪，但實則是一種大家都不得不接受的現象。如果問為何自古以來人類要順應開化的潮流，體現以上所說的兩種生命力，直至今日，我們只能回答說因為這種傾向生而有之。另一方面來看，我們能有今天也完全是拜其所賜。進一步說，人類如果安於原本的狀態，那無論如何

也無法生存下去，因此才一步步慢慢前進並發展。而如果從歷經幾千年的辛勞、歲月最終發展到現今位置這一點來看，既然這兩種生命力是自古至今經歷長期磨練的結晶，那麼生活理應比過去更為輕鬆。但實際情況又如何呢？坦率地說，我們彼此的生活仍然十分艱辛，所承擔的苦痛也完全不遜於前人。不對，應該說隨著開化的進一步發展，競爭越演越烈，生活似乎是越來越困難。誠然，以上所述的兩種生命力經過激烈的鬥爭，最終開化贏得了勝利。但是此種開化只是意味著生活程度有所提高，而生存的苦痛卻沒有相對減輕。這就類似於無論大、小學生都苦於學習上的競爭，只是程度上有所差別，在比例上是完全相同的。因此要說到過去的人和現在的人在幸福程度上是否不同，或者說在不幸的程度上是否相異，答案就是在生命力消耗和節約這兩方面或許無太大差異，而由生存競爭所導致的不安及努力程度絲毫不亞於過去。不對，或許更甚於過去。過去人們都為是生是死爭來搶去，因為如果連這點努力都不願付出則必死無疑，也實屬不得已而為之。不僅如此，消遣的念頭姑且不論，這條路子根本就沒有開拓出來，因此人們即便是想這樣那樣，但方向感卻十分微弱，偶爾能伸伸胳膊腿放鬆一下就十分滿足了。現如今已經跨

越了是生是死的問題，而是轉變為一個生存競爭問題。聽上去似乎有些奇怪，實則是說人們必須處心積慮地思考是按照 A 還是 B 的狀態生存下去。這裏以削減生命力為例，也就是說介於靠拉車過日子與握緊汽車方向盤過日子之間的競爭。無論選擇其中哪一個作為職業，生存上應該是沒有太大區別，但是付出的體力卻大不相同。拉人力車的話自然要出很多汗的吧；而如果開著汽車載客的話，短時間內就能跑很遠，也不需要耗費太大氣力，當然既然有了車也就無此必要了。這樣一來既節省了體力且不耽誤工作。過去沒有汽車的時代是不得而知，但既然發明了汽車，人力車便不得不敗下陣來。

（鍾倩　楊曉鐘　譯）

已逝的學生時代

一

回顧我的學生時代，幾乎沒正兒八經地好好學習。因此很遺憾沒有辦法為各位讀者提供新的學習方法或者一些生動有趣的素材，所以只能現身說法，希望大家看到我這樣一個少壯不努力的例子，能夠引以為戒。

我出生並長在東京，是個地道的江戶人。我依稀記得自己大概是十二歲左右小學畢業（當時為八年制），之後就進了現今的東京府立第一中學，當時是在一橋。每天主要以玩為主業，沒怎麼正兒八經地學習。不過這所學校我也僅上了兩三年而已，後來有了一些想法便自行退學了，當然這其中也是有緣由的。

這所學校與現如今較為完備的學校完全不同，單單學校制度就分為正規與非正規的。

所謂正規是指一般知識的教授全部用日語，絲毫不涉及英語。非正規則恰恰相反，只教授英語。我的情況則屬於前者，因此英語便一竅不通。同時也是因為沒有輔修英語，所以很難進入當時的預備學校。如此一來我的世界變得索然無味，自己一直以來的願望也無法達成，於是想著就此作罷，可是父母無論如何也不答應。無奈之下，每

天帶著便當出門，也不去學校，就隨便到處閒逛度日。長此一來父母也察覺到我的想法，不久之後便如願以償地退學了。

二

在前面已經提到過，當時的中學主要分為兩類：正規和非正規。正規學校的學生不具備外語能力，因此無法參加預備學校的考試。為此這些學生大多會去一些私塾館學習以應對入學考試。

當時我所知道的私塾有共立學舍、成立學舍等幾處。這些私塾一般都十分髒亂，另一方面這裏所教授的數學、歷史、地理等課程都採用原版書，因此對於沒有一點底子的學生來說著實要吃苦頭的。自打退學後，我曾一度在麴町的二松學舍讀過一年書，當時專攻漢學。但同時我也逐漸意識到英語學習的必要性，於是暗下決心，最後選擇了之前提到的成立學舍。

這個成立學舍就位於現駿河台曾我佑準先生家旁邊。說是校舍卻十分髒亂，簡直是大煞風景。窗戶連玻璃都沒有，一到冬天吹起瑟瑟寒風就四面灌風。去教室上課也不

用脫去木屐，老師也大多是些為掙學費來此兼職任教的大學生。

　　現在回想起來，當時在這個學舍待過的人中功成名就的也不少。舉例來說，前長崎高等商業學校校長隈本有尚、已故的日高真實、實業家植村俊平以及新渡戶博士等，除此之外可能還另有他人吧。我記得隈本先生當時好像是介乎老師與學生之間。而新渡戶博士已經從札幌農學校畢業，一邊在大學選修，同時還在這裏上課。當時我和新渡戶先生坐鄰桌，也是從那個時候起才開始對他有所了解，不過他本人似乎並未察覺。就是最近一段時間兩人碰面時，他還對我說：「我今天可是第一次見你啊！」這儼然初次見面的問候讓我哭笑不得：「不對吧，過去在成立學舍的時候我就認識你啊！」聽後他也不由地笑起來道：「原來有這麼回事啊。」

三

　　英語的話，因為之前哥哥學過一點，為此我也略知一二，但是仍覺得複雜難解，便一度放棄了。打那以後再也沒碰過英語，就這樣姑且也進了成立學舍。前面提到

過，這裏的課程大多採用原版書，因此對於沒什麼底子的我來說，不要說學習了，單是理解起來都困難重重。為此也費盡了氣力，但卻沒有特意定下什麼規則或者採取特殊的記憶法。

當時也完全沒有如何將英語學好的自覺性，只是希望能儘早做到讀懂書中的內容。於是便開始了囫圇吞棗的讀書法，但是畢竟沒有達到一定的積累，即便幾番思來想去終歸是不得其解。況且，當時圖書也沒有現今齊全，即使想要多讀讀看看但無奈數量有限。起初想著要先自己下功夫培養閱讀能力，便開始了囫圇吞棗式的閱讀，但現在回顧起來卻完全不記得當時都讀了什麼。就這樣到了預科三年級時才開始若有所悟。

數學課也讓我吃盡了苦頭，每到數學課被叫上黑板，常常都是不知所措硬生生地呆立在黑板前一小時左右。

我還記得，當時參加大學預備入學考試，唯獨數學這一科是拜託旁邊同學或者自己偷看才僥倖過關的。可笑的是最終我順利入學了，而那位幫助我的男同學卻不幸落第。

四

　　在成立學舍學習一年左右，第二年試著參加了大學預備校的入學考試，結果順利通過。那一年我正好十七歲。

　　這裏稍微提及一下預備校的事情，剛開始預備校是四年，大學也是四年，也就是說，到大學畢業需要八年時間。可當我入學不久就變為大學三年，預備校五年。雖說從整體年數來看毫無變化，但預備校的時間確實是增加了一年，這五年又先後分為預科三年，本科兩年。

　　如此一來，預科三年畢業的人和當時中學畢業生相比的話，單從基本知識方面來看就更勝一籌。也就是說，雖然預科學生在動植物以及其他方面的學習大多是通過原版書，但是其畢業生的水平卻無異於初中畢業生。因此初中畢業生只需專修英語專業一年，就可以直接進入預備校本科學習。改革的結果就是初中畢業生比預科生要節省足足兩年的時間。

　　而我中學時自行退學，後來又陸續去了二松學舍、成立學舍，最終才考上預科，可謂是繞了一大圈。而那些初中畢業直接去預備校的人，單從年齡上看都是十分有利的。但和我有著類似經歷的人也很多，甚至他們遭受的損

失比我還要大。

　　進入預備校後我就不在家住，而是借宿在神田猿樂町的某公寓，打那以後我也沒怎麼好好學習了。我記得當時是和現南滿鐵道的副總裁中村是公先生一起租住的。由於早晨學校開課時間是固定的，無奈之下兩人只好統一起床時間，但一到晚上作息時間怎麼也無法統一。

　　這一階段學業方面沒有什麼特別出色的。特別是數學和英語於我來說一直以來都是老大難，雖說如此每天還是本著自由為上的精神瀟灑度日。如此一來成績一落千丈，預科剛入學時成績還和芳賀矢一先生等一般水平。原本自己也是和他們站在同一起跑線上的，但是就是因為不用功最後導致成績每況愈下。當時同級的還有現美術學校校長正木直彥、專門教務局長福原鐐二郎、外國語學校的水野繁太郎先生，現如今他們都已經卓有成就。而我們這幫遊手好閒的則一事無成，為此漸漸地也就自然而然地和他們疏遠了。

五

　　學習上不夠用功，可我對體育運動卻十分熱衷，倒也

不是因為身體虛弱需要進行有規律的運動而為之。雖說是抱著玩玩的心態，但划艇比賽這些還是出於內心喜歡才參加的吧。還有前面提到的中村是公先生他們個個都是運動健將，划艇比賽總是摘得桂冠。慚愧的是我這個所謂的愛好者卻從未拿過冠軍。

那個時候說起運動，既沒有壘球，也沒有網球，一般都是體操之類的，不過我連兵式體操都沒怎麼練過。我一直覺得比起那些運動還不如就隨意玩玩就好，快到春假、暑假時，我就把書桌收拾得乾乾淨淨，做些壓腳壓胳膊的運動來玩，以至於每次都轟動一時。臨考試時也不怎麼擔心，總是抱著「分數與我無關」的想法，平時也沒怎麼學習，如此一來頭腦也不夠發達，於是成績越來越差。總之就是因為我頭腦不靈光，現在依然如此，再加上平時不用功，以至於在學校也失去了信譽，預科二年級時便不幸留級。

留級之後才嘗到其中滋味，自此便重整旗鼓開始奮發圖強，但也沒有投入太多，只是像一般學生一樣努力學習。

上課的時候也與往日大不相同，我也開始學著注意聽講。如此一來我發現不需太費周折我也可以做到和普通人

一樣好。自從認真學習以後，考前我也不再為此苦惱，同時還養成了考前自我檢查的習慣。

六

預科三年級時我正好十九歲，由於家裏本來就不富足，於是我便萌生了自己賺學費的想法，曾一度和中村是公先生一起在私塾做兼職教師，一個月可收入五日元。

這也是我作為一名老師的開始。我還記得那家私塾名叫江東義塾，當時位於東京墨田區的本所，是由一些有識之士共同創建的，現在看來也屬髒亂不堪的校舍。

雖說一月五日元著實很少，但當時也勉強夠用了。由於當時寄宿在私塾的宿舍，宿舍費即為伙食費，每月兩日元，而預備校的學費每月只需二十五錢（但需要開學前繳納一學期的學費），再加上書本大多都是從學校借來的，所以也不大需要什麼花費。再從中刨去洗澡費，剩下的一般用於日常零用。每次拿到這五日元，刨去必要花銷所剩的錢便和中村是公先生的放在一起，兩人一路出去閒逛時基本都用在吃飯上了。

在江東義塾的兼職在下午，一般兩小時左右，因此我

從預備校回來剛好趕得及。到了晚上就比較自由，也能定下心來學習。這一年還算平穩，只是那裏濕氣太重，為此我還不小心患了急性沙眼，直到現在我的眼睛還總是出問題。當時父母也很擔心，於是勸我那種地方不去也罷。我也只好作罷，辭掉了私塾的兼職。打那以後便住回家裏，過了不久江東義塾也解散了。

從此之後的學費也只好仰仗家裏，考上大學後有幸獲得文部省的貸款資助，同時還在東京專門學校做講師，為此我也得以順利畢業。大學期間雖說沒什麼特別的收益，但也算過得安然。

以上是我對學生時代的回顧，希望讀者朋友引以為戒。

（鍾倩　楊曉鐘　譯）

策劃編輯	梁偉基
責任編輯	朱卓詠
書籍設計	吳冠曼
書籍排版	何秋雲
地圖繪畫	廖鴻雁

書　　名	貓之墓
著　　者	夏目漱石
譯　　者	楊曉鐘等
出　　版	三聯書店（香港）有限公司 香港北角英皇道 499 號北角工業大廈 20 樓 Joint Publishing (H.K.) Co., Ltd. 20/F., North Point Industrial Building, 499 King's Road, North Point, Hong Kong
香港發行	香港聯合書刊物流有限公司 香港新界荃灣德士古道 220-248 號 16 樓
印　　刷	陽光（彩美）印刷有限公司 香港柴灣祥利街 7 號 11 樓 B15 室
版　　次	2022 年 3 月香港第一版第一次印刷
規　　格	32 開（130 × 185 mm）262 面
國際書號	ISBN 978-962-04-4923-9

© 2022 Joint Publishing (H.K.) Co., Ltd.

Published & Printed in Hong Kong

本書原由陝西人民出版社有限責任公司以書名《貓之墓》出版，經由原出版者授權
本公司在除中國內地以外地區出版發行本書。